ELEANOR H. PORTER

POLIANA

TRADUÇÃO:
Monteiro Lobato

Edição Revista e Atualizada

COPYRIGHT © FARO EDITORIAL, 2023
COPYRIGHT © ELEANOR H. PORTER (1868 - 1920) — DOMÍNIO PÚBLICO
COPYRIGHT © MONTEIRO LOBATO (1882 - 1948) — DOMÍNIO PÚBLICO

Todos os direitos reservados.
Nenhuma parte deste livro pode ser reproduzida sob quaisquer meios existentes sem autorização por escrito do editor.

Milkshakespeare é um selo da Faro Editorial.

Diretor editorial PEDRO ALMEIDA
Coordenação editorial CARLA SACRATO
Assistente editorial LETÍCIA CANEVER
Preparação JOÃO PEDROSO
Revisão MARINA MONTREZOL E CRIS NEGRÃO
Capa e diagramação REBECCA BARBOZA
Ilustrações de capa WARM _ TAIL | SHUTTERSTOCK

Dados Internacionais de Catalogação na Publicação (CIP)
Jéssica de Oliveira Molinari CRB-8/9852

Porter, Eleanor H., 1868-1920
Poliana / Eleanor H. Porter ; tradução de Monteiro Lobato. -– São Paulo:
Faro Editorial, 2023.
96 p.

ISBN 978-65-5957-348-6
Título original: Pollyanna

1. Literatura infantojuvenil norte-americana I. Título Lobato, Monteiro

23-1416   CDD 028.5

Índices para catálogo sistemático:
1. 1. Literatura infantojuvenil norte-americana

1ª edição brasileira: 2023
Direitos de edição em língua portuguesa, para o Brasil, adquiridos por FARO EDITORIAL.

Avenida Andrômeda, 885 — Sala 310
Alphaville — Barueri — SP — Brasil
CEP: 06473-000
www.faroeditorial.com.br

DONA POLI

Naquela manhã, dona Poli Harrington entrou apressada na cozinha. O que não era muito comum, já que ela se gabava de não ter pressa de nada. Naquele dia, porém, estava realmente com pressa.

Nancy, que lavava pratos na pia, apesar de nova na casa, já sabia do temperamento da patroa.

— Nancy?

— Senhora! — respondeu a empregada, sem interromper a lavagem dos pratos.

— Nancy — repetiu dona Poli, desta vez com um tom severo na voz —, quando eu falar, você pare o que estiver fazendo e me escute com toda a atenção.

Nancy corou e largou os pratos.

— Sim, senhora. Eu estava acabando este serviço porque a senhora mesma me disse que andasse depressa.

— Não quero explicações. Quero que você preste atenção — observou a patroa, de testa franzida.

— Sim, senhora, já sei — disse Nancy, mordendo o lábio e sem saber como agradar aquela criatura.

Nancy nunca tinha trabalhado em outras casas até o dia em que o pai morreu, e a mãe, adoentada, fez a filha perceber que teria de ganhar a vida. Foi então que arrumou serviço na casa de dona Poli Harrington, da velha família Harrington e uma das mais ricas senhoras da cidade. Fazia dois meses. Sabia agora, por experiência própria, que dona Poli era daquele tipinho que faz cara feia se uma porta bate ou uma colher cai da mesa, mas nunca sorri se a porta não bate ou se a colher fica quietinha onde está.

— Quando acabar o serviço da manhã — disse dona Poli —, vá arrumar o quartinho que dá para a escada do sótão e faça a cama. Varra-o muito bem, espane tudo e deixe tudo limpinho.

— Sim, senhora.

— Acho bom esclarecer que a minha sobrinha, dona Poliana Whittier, vem morar comigo. Ela tem onze anos e ficará ocupando aquele quarto.

— Uma menina aqui, dona Harrington? Que coisa boa! — exclamou Nancy, pensando na alegria que eram suas irmãzinhas, lá no The Corners, onde residia a sua família.

— Bom? Hum! — resmungou dona Poli toda empertigada. — Essa não é a palavra exata que penso. Mas sou boa criatura e tratarei de acomodar a situação. Conheço os meus deveres.

Nancy ficou um tanto atrapalhada.

— Mas é claro, dona Poli. Uma menina boazinha vem alegrar a casa e será muito bom para a senhora.

— Obrigada — murmurou, secamente, a grande dama. — Mas não sei para que ficar falando assim...

— Mas tenho certeza de que a senhora só deve querer o bem dessa filha da sua irmã — arriscou Nancy, sentindo vagamente que devia preparar uma boa acolhida para a pequenina esperada.

Dona Poli ergueu o queixo com altivez.

— Hum, hum — rosnou. — Agora, só porque a minha irmã foi tola o bastante para se casar e colocar mais uma criaturinha num mundo já tão cheio, eu tenho que querer o bem dessa menina, é? Você trate de arrumar o quarto e não se esqueça de varrer os cantos. Veja lá, hein?

Nancy repetiu mais um "sim, senhora" e retomou a lavagem dos pratos, enquanto dona Poli se retirava de queixo erguido.

Voltando aos seus aposentos, dona Poli tomou de novo a cartinha recebida dois dias antes e que tinha sido uma surpresa para lá de desagradável. Releu-a:

> Prezada senhora, sinto muito ter de informá-la que o reverendo John Whittier faleceu duas semanas atrás e deixou uma filha única de onze anos e uns livros. Como a senhora deve saber, ele era pastor duma igrejinha humilde, na qual recebia um salário mínimo.
>
> Sei que era casado com uma irmã sua já falecida e que as duas famílias estavam de relações cortadas. Mesmo assim, ele deu a entender que, por causa do laço de sangue, a senhora talvez se encarregasse da criação da filhinha dele e a recebesse por aí. E esse é o motivo desta carta.
>
> A menina está preparada para partir a qualquer momento, e, caso a senhora esteja disposta a cuidar dela, agradeceríamos muito se nos respondesse o quanto antes, porque há uma família que logo vai partir para Boston e pode se encarregar de levá-la até lá e colocá-la no trem de Beldingsville. A senhora, é claro, será informada da hora e do trem em que ela chegará. Aguardo uma resposta favorável.
>
> Respeitosamente,
> Jeremias O. White

Dona Poli releu a carta e enfiou o papel de novo no envelope. Já havia respondido na véspera, dizendo que mandassem a órfã, claro. Conhecia muito bem os deveres sociais que tinha, por mais desagradáveis que fossem.

Ali, sentada com a carta nas mãos, seus pensamentos se voltaram para a irmã, Jennie, mãe daquela menina; lembrou-se de quando, aos vinte anos de idade, ela teimou em se casar com um jovem ministro, apesar da oposição de todos. Havia um homem muito rico que a desejava (e o qual a família preferia muito), mas Jennie bateu o pé; queria porque queria o ministro pobre. O tal homem rico era bem mais idoso que ela, é verdade, mas, por outro lado, possuía uma bela fortuna, enquanto o pastorzinho só possuía ideais e entusiasmos da juventude; não tinha mais nada além de amor para oferecer. Jennie preferiu isso, casou-se e foi para o Sul viver a vida humilde de esposa de missionário.

Foi então que a família parou de se falar. Embora fosse, naquele tempo, uma menina de quinze anos, a caçula da casa, dona Poli se lembrava muito bem de tudo. A família tinha mais o que fazer do que ficar pensando na mulher de missionário. Para não mentir, Jennie até escreveu uma vez e contou que deu à filhinha o nome de Poliana em homenagem às suas duas irmãs, que se chamavam Poli e Ana. Os outros filhos morreram, contara ela na última carta escrita. Depois viera a notícia da sua morte, dada por aquele pastor de uma pequenina cidade do Oeste.

Enquanto isso, o tempo continuava correndo na grande casa da colina. Com os olhos no vale que se estendia até onde se podia ver, dona Poli vivia pensando nas principais mudanças que aqueles vinte e cinco anos trouxeram.

Agora já era uma quarentona e vivia sozinha no mundo. Pai, irmãs, mãe, todos mortos. Já fazia anos que era a única dona da casa e da fortuna deixada pelo pai. Muita gente sentia pena de tanta solidão e a aconselhava a arranjar companhia; ela, porém, jamais tinha pensado nisso. Vivia dizendo que gostava da solidão. Gostava de estar consigo mesma e preferia a quietude. Só que agora...

Apertando os lábios, dona Poli se ergueu de onde estava sentada. Sentia-se satisfeita consigo por ser uma mulher boa e por conhecer seus deveres. Mas... Poliana! Que nome mais ridículo!

2
NANCY E O VELHO TOM

Nancy varreu e espanou o quartinho em frente à escada do sótão com particular atenção aos cantos. Acontece que, às vezes, o esforço excessivo com que ela esfregava era mais para espantar certas ideias que lhe ocorriam do que para tirar alguma mancha. Apesar de ser toda submissa e amedrontada da patroa, de santa Nancy não tinha nada.

— Eu — murmurava ela em compasso com o vaivém do pano molhado — queria muito... varrer... os cantos... de sua alma. — E parando para descansar: — Deve ser cheia de cantos sujos. Essa história de botar a coitada da menina neste quartinho sem ar e sem aquecimento no inverno enquanto uma casa enorme dessa fica vazia, cheia de cômodos... Olha, vou te contar... "Colocar mais uma criaturinha num mundo já tão cheio!". Até parece! Pois pode ter certeza de que se tem alguém desnecessário para o mundo agora, não é essa menina.

Ficou trabalhando em silêncio por um tempo. Depois, quando já tinha terminado, deu uma olhada no quartinho vazio e chegou a ficar com nojo.

— Então tá, terminei. Quer dizer, pelo menos a minha parte. Aqui não tem mais pó nenhum e pela casa também não tem quase nenhuma sujeira. Coitada dessa menina! Que lugar acharam para aninhar uma pobre criatura sem mãe e arrancada da terra onde sempre viveu! — E, dizendo isso, Nancy saiu e bateu a porta sem querer. — Ai! — exclamou, mordendo o lábio. E depois: — Até parece que eu me importo! Tomara que ela tenha escutado o barulho!

Naquela tarde, Nancy teve uns minutinhos para fofocar no jardim com o velho Tom, o jardineiro que tirava as ervas daninhas e carpia as calçadas já há tanto tempo que ninguém sabia desde quando.

— Seu Tom — começou ela, depois de espiar se dona Poli não estava por perto —, o senhor sabe que tem uma menininha vindo morar aqui com dona Poli?

— Como é que é? — exclamou o velho, erguendo-se e esticando com dificuldade as costas.

— Tem uma menina... vindo morar com dona Poli.

— Ah, para de contar história para boi dormir — respondeu Tom, incrédulo. — Por que não me conta que o sol vai nascer do lado contrário amanhã?

— Mas é verdade. Ela que me contou — afirmou Nancy. — Uma sobrinha de onze anos, filha duma irmã já morta.

O queixo do velho Tom quase se despregou da cara.

— Impossível! — rosnou ele; mas logo seus olhos brilharam. — Não é... mas só pode ser a filhinha de dona Jennie! Nancy, deve ser a filhinha de dona Jennie! Graças a Deus! Só de pensar que vou ver isso com meus próprios olhos!

— Quem era essa dona Jennie?

— Um anjo fugido do céu — murmurou o velho com fervor —, mas o meu falecido chefe e a falecida patroa não sabiam disso; pensavam que ela era só a sua filha mais velha.

Tinha vinte anos só e lá se foi. Todos os filhos dela morreram, ouvi dizer, exceto uma menina, essa que vem vindo...

— Tem onze anos já.

— É, deve ser isso — calculou o velho, meneando a cabeça.

— E vai ficar no quartinho do sótão, perto da escada, imagine! — disse Nancy, correndo outra vez os olhos ao redor.

O velho Tom franziu a testa. Depois um sorriso curioso apareceu em seus lábios.

— Não sei o que dona Poli vai fazer com uma criança nesta casa — disse ele.

— Pois então! E eu queria saber o que é que essa criança vai fazer com dona Poli — replicou Nancy.

O velho riu.

— Já vejo que não gosta muito de dona Poli...

— E alguém gosta, por acaso?

O velho sorriu de novo e retomou o seu trabalho, dizendo:

— Pelo visto você não sabe do caso de amor de dona Poli...

— Caso de amor? Com ela? Não! Ah, não me venha com isso, seu Tom. Impossível que alguém possa ter amado uma criatura dessa.

— Pois houve quem pudesse — disse o velho. — E o sujeito ainda é vivo e mora aqui na cidade.

— Quem é?

— Não vou contar. Seria falta de educação — respondeu Tom, erguendo-se de novo.

Naqueles escuros olhos azuis havia um reflexo da antiga lealdade de funcionários que servem uma mesma família durante a vida inteira.

— Mas não é possível — insistiu Nancy. — Dona Poli com um namorado, onde já se viu uma coisa dessas!

Tom meneou a cabeça.

— Você não conheceu a dona Poli que eu conheci. Ela era uma criatura realmente linda, e ainda seria se...

— Linda? Dona Poli?

— Sim. Dona Poli. Se ela não usasse aquele cabelo puxado para trás e caso se vestisse que nem as moças que gostam de se arrumar, com aquelas roupas de renda e enfeites brancos, você ia ver como ela consegue ser bonita. Dona Poli não é velha, não, Nancy.

— Não é? Se não, então ela sabe imitar a velhice muito bem. Finge muito bem — murmurou Nancy com ironia. — É uma artista...

— Eu sei, eu sei. E essa história, esse desleixo todo, começou quando ela brigou com o namorado — explicou Tom. — E desde então parece que só come larvas e jiló. Tudo começou a partir dessa briga.

— Pois para mim ela não está assim, sempre foi desse jeito — disse Nancy em tom indignado. — Nada vejo de bom nela, por mais que o senhor diga. E eu não ficaria aqui se não fosse o estado de mamãe e a diferença que o pagamento faz no nosso bolso. Mas um dia a coisa muda e vou dizer adeuzinho. Ah, se vou.

O velho Tom assentiu.

— Eu sei. Já percebi isso. É natural, mas não é o melhor para você, menina. Vai por mim: não é o melhor. — E curvou-se sobre o canteiro para retomar o serviço.

— Nancy! — gritou uma voz aguda.

— Já vou indo, senhora — respondeu Nancy e correu para dentro.

A CHEGADA DE POLIANA

Dias depois chegou um telegrama anunciando que Poliana estaria em Beldingsville no dia seguinte, 25 de junho, às quatro da tarde. Dona Poli leu a notícia com uma carranca e, em seguida, subiu ao quartinho que tinha mandado arrumar. Continuou lá com a carranca enquanto o examinava.

Havia no quarto uma pequena cama bem arrumadinha, duas cadeiras, um lavatório, um guarda-roupa sem espelho e uma mesinha. Nada de cortinas nem de decorações na parede. O sol batia ali o dia inteiro, e o ambiente ficava que nem um forno. Como não havia tela nas janelas, as vidraças não tinham sido erguidas. Uma grande mosca zumbia toda irritada de lá para cá, tentando escapar.

Dona Poli matou a mosca, ergueu só um pouquinho a vidraça e a jogou lá para fora; mudou uma cadeira de lugar e, ainda fazendo careta, saiu do quarto.

— Nancy — disse ela logo depois, da porta da cozinha —, achei uma mosca no quarto de Poliana. O que quer dizer que as vidraças foram erguidas. Já encomendei as telas, mas, enquanto elas não vêm, é para deixar tudo fechado. Minha sobrinha chega às quatro da tarde. Quero que você vá recebê-la lá na estação. Timóteo irá levar você de carroça. O telegrama diz que é uma menina loira, com um vestido vermelho xadrez e chapéu de palha. É tudo quanto sei, mas já é mais do que suficiente.

— Sim, senhora, mas, então...

Dona Poli compreendeu a pergunta que viria, fez uma careta e, com grosseria, disse:

— Não, não vou. Acho que não é necessário. — E retirou-se.

As providências de dona Poli para receber a sobrinha estavam terminadas.

Na cozinha, Nancy ficou com raiva e jogou o ferro de passar roupa em cima da toalha que estava passando.

— Cabelos louros, vestido vermelho xadrez, chapéu de palha, tudo quanto ela sabe! Eu teria vergonha de saber só isso, ah, se teria. E é a única sobrinha dela, e a coitada está vindo do outro lado do continente...

Vinte minutos mais tarde, Timóteo e Nancy estavam na carroça, rumo à estação. Timóteo era filho do velho Tom, e dele diziam que se Tom era o braço direito de dona Poli, ele era o braço esquerdo.

Era um rapaz jovem, gentil e muito bonito, ainda por cima. Apesar de Nancy ser muito novata na casa, já eram bons amigos. Naquele dia, porém, Nancy estava tão compenetrada na missão que nem quis conversar, e o trajeto foi feito quase em silêncio.

Nancy ia repetindo as palavras do telegrama, "cabelos louros, vestido vermelho xadrez, chapéu de palha", e de vez em quando ficava imaginando que tipo de criança essa tal de Poliana seria.

— Tomara que ela seja muito boazinha, gentil e não fique derrubando talheres no chão e nem batendo as portas por aí — disse Nancy a Timóteo, ao chegarem à estação.

— Se ela não for assim, o que será que vai ser de nós, não é? Imagina a dona Poli tendo que cuidar de uma menina barulhenta! Depressa! O trem está apitando!

— Ah, Timóteo, estou achando muito mesquinho isso de ela me mandar receber a sobrinha, não acha? — disse Nancy.

De repente, Nancy tinha ficado apavorada enquanto se virava e corria até um lugar em que podia ver com clareza os passageiros recém-chegados à estação.

Não demorou muito para ver a menina magrinha. Poliana, em seu vestidinho vermelho xadrez e com duas tranças largas caindo pelas costas. Por baixo do chapéu de palha, uma mocinha ansiosa e com o pequeno rosto cheio de sardas ficou olhando para lá e para cá, claramente procurando alguém.

Nancy a percebeu na mesma hora, mas tinha ficado com as pernas tão moles que teve de esperar uns segundos antes. A menininha já estava lá sozinha quando Nancy finalmente se aproximou.

— Dona Poliana, é a senhora? — perguntou, toda nervosa, e a resposta foi um abraço nervoso da menina de vestido xadrez.

— Ah, estou tão, tão contente de ver a senhora! — murmurou ela ao ouvido de Nancy durante o abraço. — Claro que sou a Poliana, estou tão feliz pela senhora ter vindo! Eu estava toda esperançosa de que a senhora fosse vir.

— Es... estava? — repetiu Nancy, admirada e vagamente desconfiada de que Poliana já a conhecesse e de que a quisesse ali. — A... a senhora queria que eu viesse?

— Ah, sim, passei a viagem toda imaginando como a senhora seria e com quem se pareceria — disse a menina enquanto se mexia para lá e para cá e olhava a empregada dos pés à cabeça. — E agora que a vi, fiquei feliz que é exatamente como imaginei.

Nancy ficou aliviada quando viu Timóteo se aproximando. As palavras da menina eram confusas.

— Este é o Timóteo — disse ela. — Não tem mala para carregar?

— Sim, tenho uma novinha em folha — respondeu Poliana com importância. — A Sociedade Beneficente me deu esse presente. Não foi gentil? Ainda mais quando queriam tanto comprar um carpete. É claro, não sei quantos metros de carpete vermelho daria para comprar com uma mala, mas aposto que pelo menos um pouco. Pelo menos o bastante para meio corredor, a senhora não acha? Tenho aqui na minha bolsa um papel que sr. Gray disse que era um cheque e que eu deveria dá-lo para a senhora antes de subir na carroça. Sr. Gray é o marido de sra. Gray. São primos da mulher do deão Carr. Vim com eles, e foram muito amáveis comigo. Aqui está aqui o tal cheque — concluiu, retirando um tíquete do fundo da sua bolsa de mão.

Nancy respirou fundo. Por instinto, sentiu que precisava respirar fundo depois daquela explicação e lançou uma olhadela para Timóteo, cujos olhos se desviaram.

Afinal acomodaram-se na charrete, Poliana entre Nancy e Timoteo, e a mala atrás. Enquanto se arrumavam, a menina continuou falando sem parar, fazendo comentários e perguntas enquanto Nancy, meio atordoada, ficou perdida, tentando acompanhar o ritmo.

— E lá vamos nós! Que coisa mais maravilhosa! Fica muito longe? Tomara que sim, porque adoro andar de charrete — disse Poliana assim que as rodas começaram a girar. — Mas claro, se não for longe, não faz mal, não faço caso, e até será melhor, porque vou chegar mais cedo. Que rua bonita! Eu sabia que era bonita, papai me disse que...

Nesse ponto parou de falar como se tivesse ficado sufocada. Nancy olhou para ela e a viu com os lábios trêmulos e os olhos cheios d'água. Mas foi passageiro. Pouco depois, já estava pronta para prosseguir e levantou a cabeça, corajosa.

— Papai me contou, sim. Ele se lembrava. E... eu ainda não expliquei o porquê deste vestido xadrez vermelho, em vez de um vestido preto. Sra. Gray disse que todos iriam estranhar. Mas não havia nada preto nas doações à igreja, a não ser o veludo de um casaquinho que a mulher do deão Carr achou impróprio para mim. Além disso, tinha várias manchas brancas, de gasto, a senhora sabe, nos cotovelos e em alguns outros lugares.

Alguém, lá na Sociedade Beneficente, quis me comprar um vestido preto e um chapéu preto, mas outros acharam que o dinheiro devia ser guardado para o carpete que eles querem oferecer à igreja. A sra. White disse também que não gostava de crianças de preto, que achava impróprio para a idade essa cor. E foi isso. Quer dizer, ela gostava de crianças, é claro, mas não de crianças vestidas de preto.

Poliana parou para tomar fôlego, e Nancy gaguejou:

— Sim, é claro. Não vai ter problema nenhum.

— Gosto que a senhora pense assim. Eu também penso — continuou a menina, depois de tomar bastante fôlego. — Deve ser difícil a gente ficar alegre estando vestida de preto...

— Alegre! — murmurou Nancy, tão surpresa que até interrompeu Poliana.

— Isso, alegre, do papai ter ido para o céu se encontrar com a mamãe e os outros irmãozinhos, sabe? Ele me disse que tenho que ficar alegre. Mas não é fácil, mesmo com este vestido vermelho, porque ele me faz muita falta e acho que devia ter ficado comigo, já que Deus levou mamãe e o resto da família, e eu não tenho ninguém por mim, a não ser a Sociedade Beneficente. Mas agora vai ser mais fácil porque tenho a senhora, tia Poli. Ah, estou tão contente de ter vindo!

A simpatia de Nancy pela pobre menina abandonada tinha se transformado em terror.

— Ah! Mas, mas a senhora está enganada, minha querida. Eu sou apenas a Nancy. Não sou a sua tia Poli.

Poliana arregalou os olhos, lívida, como prestes a desmaiar.

— Não é a tia Poli?

— Não. Sou a Nancy. Nunca imaginei que a senhora fosse me confundir com ela. Nós não somos iguais em nada, em nadinha de nada.

Timóteo abafou uma risadinha, mas Nancy estava muito atrapalhada para responder àquelas encaradas caçoadoras.

— Mas quem é a senhora, então? — perguntou Poliana. — Não se parece em nada com as damas da Sociedade Beneficente.

Desta vez Timóteo não conseguiu aguentar e riu alto.

— Sou Nancy, a empregada. Faço todo o serviço, exceto lavar e passar a roupa pesada. Isso é compromisso do seu Durgin.

— Mas a tia Poli existe? — indagou a menina, nervosa.

— Pode apostar que existe — rosnou Timóteo.

Poliana suspirou.

— Ah, então tudo está bem — disse e fez uma pausa. Em seguida: — E você a conhece? Estou feliz da vida por ela não ter vindo, porque assim tive você e ao chegar terei ela, duas valem mais que uma.

Nancy corou, e Timóteo lhe disse, com um sorriso de cumprimento:

— Mas que belo elogio. Por que não agradece a gentileza à mocinha, Nancy?

— Eu... eu estava pensando em dona Poli — gaguejou Nancy.

Poliana suspirou satisfeita.

— Eu também. Quero muito conhecê-la. Você sabe que é a única tia que tenho e só há muito pouco tempo vim a saber disso? O papai que me contou. Disse que morava numa casa enorme, no topo duma colina.

— E mora mesmo. Lá está ela! — exclamou Nancy apontando para a casa que começava a aparecer. — Aquela casa grande, de venezianas verdes, bem nesta direção.

— Ah, que linda! E que gramados lindos! Olha aqueles bosques ao redor! Nunca na minha vida vi um gramado tão grande. A tia Poli é muito rica, Nancy?

— Ô se é! É sim.

— Estou tão contente! Que bom deve ser ter montes de dinheiro, né? Nunca conheci gente rica; quer dizer, os White eram riquinhos. Tinham tapetes em todas as salas e tomavam sorvetes aos domingos. Há sorvetes aos domingos na casa da tia Poli?

Nancy respondeu com a cabeça que não e mordeu o lábio ao trocar uma olhadela com o Timóteo.

— Não Poliana, a sua tia não gosta de sorvetes, acho; pelo menos nunca vi sorvetes na casa dela.

A menina fez bico.

— Ah, que pena! Não sei como pode existir alguém que não goste de sorvete. Mas afinal de contas isso até é bom, porque o sorvete que a gente não toma não vai fazer doer o estômago. Na casa da sra. White tinha sorvete, eu tomei muitos lá. Mas tia Poli tem tapetes, não?

— Sim, isso tem. Tapetes, tem.

— Em todos os cômodos?

— Em quase todos — respondeu Nancy, franzindo a testa como se tivesse, de repente, se lembrado do quartinho do sótão, que não tinha tapete nenhum.

— Ah, estou tão contente! — repetiu Poliana. — Gosto tanto de tapetes. Em casa não tínhamos nenhum, exceto dois tapetinhos, assim, deste tamanho, que vieram nas doações, um deles manchado de tinta. Sra. White também tinha quadros na parede, lindos, um de meninas brincando entre roseiras, um de carneiros no pasto e um de leão. Não juntos! A Bíblia diz que os leões e carneiros ainda vão andar juntos, mas esse tempo não chegou, pelo menos na casa da sra. White. Você gosta de quadros?

— Eu... eu não sei — respondeu Nancy atrapalhada.

— Pois eu gosto. Não tinha nenhum lá em casa. Nas doações não veio nenhum. Quer dizer, havia dois, no começo. Mas um papai vendeu para comprar um par de sapatos, e o outro estava tão velho que um dia despencou da parede e ficou em cacos. Vidro é coisa que quebra, você sabe. E eu gritei, gritei e chorei, ah, chorei, sim. Mas fico feliz por não ter tido essas coisas em casa, porque agora vou gostar muito mais da casa de tia Poli. Quando a gente não está acostumada a uma coisa, aprecia mais, não é? Foi como quando saíram das caixas de doação aquelas fitas de amarrar o cabelo, tão lindas, depois de terem saído umas feias, velhas, já sem cor. Meu Deus! Como é bonita a casa! — gritou ela quando a charrete parou em frente à mansão senhorial.

Enquanto Timóteo descarregava a mala, Nancy cochichou no ouvido dele:

— Não me fale mais em deixar o serviço, hein?

— Deixar o serviço agora? — respondeu ele numa risada. — Nunca! Com esta menina aqui, a casa vai ficar melhor do que um cinema.

— Cinema, cinema! — repetiu Nancy com indignação. — Eu aposto que não vai ter cinema nenhum nisso das duas tentarem se acostumar uma com a outra. A menina vai ter necessidade de uma toca para refúgio. Pois bem, a toca de refúgio da coitadinha serei eu. Eu, eu, sim!

E levou Poliana para dentro.

4
O QUARTINHO

Dona Poli Harrington não se ergueu da poltrona para receber a sobrinha. Quando Nancy apareceu na sala com a menina, a empertigada senhora olhou-a por cima do livro que lia e estendeu a mão, com a palavra "dever" escrita em cada dedo.

— Como vai, Poliana? Eu... — murmurou ela e então engasgou, porque Poliana havia corrido ao seu encontro e se lançara ao seu colo.

— Oh, tia Poli, tia Poli, não sei nem descrever a minha alegria de a senhora ter dito para eu vir morar aqui — disse a menina, soluçando. — A senhora não sabe como fico feliz de ter a senhora, a Nancy e tudo isto por aqui, depois do que tenho passado!

— Hum, hum — rosnou dona Poli, procurando escapar do abraço e olhando muito carrancuda para Nancy, que ficara parada à porta. — Vá, Poliana, seja boazinha, fique de pé de maneira correta. Ainda não vi que jeito você tem.

A menina recuou imediatamente e deu uma risada um tanto histérica.

— Não, eu não sou boa de olhar, por causa das sardas, e tenho que explicar este vestido vermelho, que me fizeram por causa das manchas no veludo do casaquinho, nos ombros e nos cotovelos. Nancy sabe o que papai disse.

— Não importa o que seu pai disse — interrompeu dona Poli rispidamente. — Você trouxe mala, eu imagino...

— Trouxe, sim, tia Poli. Uma linda mala novinha que a Sociedade Beneficente me deu. Não tem muita coisa dentro, coisas minhas. A caixa de doações nunca tinha roupas próprias para meninas, quase que só livros, e a sra. White disse que eu devia trazer esses livros. A senhora sabe que papai...

— Poliana — interrompeu outra vez dona Poli com voz aguda. — Preciso deixar uma coisa bem clara desde já. Não quero que fique falando do seu pai todo o tempo.

A pobre menina prendeu a respiração, toda trêmula.

— Então, tia Poli, a senhora não quer... não quer que... — e não pôde concluir a frase.

— Vamos ver o seu quartinho lá em cima. A mala já subiu, creio eu — disse a grande dama. — Ordenei ao Timóteo que a pusesse lá, se houvesse mala. Siga-me, Poliana.

A menina emudeceu e seguiu-a escada acima com lágrimas nos olhos.

"Afinal de contas", ia ela pensando, "devo é ficar alegre de que a titia não queira ouvir falar de meu pai. Será mais fácil para mim ficar sem falar dele. Talvez por isso ela não queira que eu fale, para não se comover." E Poliana convenceu-se da "bondade" da tia e deixou que lágrimas de gratidão lhe viessem aos olhos.

Chegaram ao topo da escada. Dona Poli ia na frente, com a saia de seda fazendo fru-fru. A menina viu de passagem um quarto tapetado, com cadeiras estofadas. Sob seus pés corria uma rica passadeira, macia como relvado de musgo. De todos os lados, o reluzir de molduras douradas ou o brilho da luz do dia que se infiltrava pelas cortinas de renda refletia em seus olhos.

— Ah, tia Poli! — murmurou a menina em êxtase. — Que casa mais linda! Como a senhora deve ser feliz com tantas riquezas!

— Poliana! — respondeu dona Poli, detendo-se. — Estou chocada com esse seu modo de falar!

— Por quê, tia Poli? — indagou a menina realmente surpreendida. — A senhora não é rica de verdade, então?

— Não, Poliana. Eu não cometo o pecado do orgulho de me considerar rica só porque Deus me deu o que tenho — declarou a grande dama. — Não fique falando de riquezas.

Dona Poli pensou no quartinho do sótão e sentiu-se satisfeita de o ter destinado à menina. Sua ideia a princípio fora mantê-la o mais longe possível e em um lugar onde não pudesse estragar coisa nenhuma do precioso recheio da casa. Mas agora, depois daquela demonstração de vaidade que a menina dera, viu que tinha acertado em cheio com aquele quartinho nu, despido de qualquer coisa que pudesse alimentar a vaidade humana.

Poliana, atrás da tia, olhava em todas as direções como se não quisesse que nenhuma das belas coisas da casa lhe escapasse de vista. Em sua cabeça, surgiu uma pergunta: em que ponto, atrás de que porta, ficaria o seu quarto, o lindo quarto com cortinas nas janelas, tapetes e quadros que iriam ser seus? De repente, a tia abriu uma porta que dava para uma escadinha mais estreita, a que levava até o sótão.

Não havia nada demais lá. Paredes nuas, lado a lado, e nos fundos uns desvãos sombrios, em ângulos, porque o forro já era formado pelo telhado, e esses desvãos estavam cheios de bugigangas e caixas. Era quente, sem ar. Muito abafado. Poliana abriu a boca para respirar melhor. Foi quando sua tia parou numa porta à direita e disse:

— Aqui está o seu quarto, e já com a mala dentro, ali. Trouxe a chave dela, não trouxe?

A menina fez que sim com a cabeça, tonta. Seus olhos haviam se arregalado de pavor. Isso fez a tia franzir a testa.

— Quando pergunto uma coisa — disse ela —, prefiro que me responda com palavras, não com gestos de cabeça, ouviu?

— Sim, senhora, tia Poli.

— Muito bem. Creio que aqui há tudo de que você precisa — acrescentou a grande dama, correndo os olhos pelo quartinho. — Vou mandar Nancy para ajudar na arrumação. O jantar é às seis horas, não vá esquecer — concluiu e se retirou.

Poliana ficou parada, em silêncio, vendo a tia descer a escada. Depois olhou para as paredes nuas, para o chão limpo, para as janelas sem cortinas e finalmente para a pequena mala que fora arrumada no seu quartinho tão lá longe, na cidade do Oeste de onde viera. De repente, atirou-se ao chão, ajoelhada e abraçada à mala e com o rosto enterrado nas mãos.

Foi assim que Nancy a encontrou depois.

— Coitadinha! — murmurou a empregada, sentando-se no chão e acolhendo-a nos braços. — Eu bem que pensei que ia encontrar ela bem desse jeitinho.

Poliana sacudiu a cabeça.

— Eu sou ruim, Nancy, sou tão ruim — soluçou ela. — Por isso Deus chamou meu pai, minha mãe, meus irmãos e não quis saber de mim. Os anjos precisavam de meu pai mais do que eu. Ah! Ah! Nancy.

Os olhos de Poliana, já secos, mostravam tristeza.

A empregada deu um sorriso envergonhado e enxugou depressa os olhos.

— Pare com essas bobagens, menina — disse, procurando animá-la. — Me dê sua chave aqui. Vamos abrir a mala e arrumar tudo bem arrumadinho.

Poliana, fungando, apresentou a chave.

— Não há muita coisa aí dentro — observou num soluço.

— Melhor assim. Arrumaremos tudo num instante.

Poliana irradiou um sorriso súbito.

— É isso! Eu posso ficar alegre com isso, não acha?

A moça vacilou.

— Sim, sem dúvida que pode — respondeu incerta.

Começaram a tirar de dentro os livros e aquelas pobres roupinhas de criança. Poliana agora sorria cheia de coragem enquanto pendurava as roupas no armário e arrumava os livros sobre a mesa. Ia colocando as roupas brancas nas gavetas da cômoda.

— Estou certa de que vai ficar um lindo quartinho, não acha, Nancy?! — disse ela logo depois.

Não houve resposta. Nancy estava aparentemente muito ocupada, com a cabeça metida dentro da mala. Poliana parou diante do guarda-roupa.

— E estou bem contente de não haver nenhum espelho — murmurou. — Assim deixo de ver as minhas sardas.

Nancy emitiu um som parecido com um soluço, mas quando Poliana se virou, a empregada estava novamente com a cabeça dentro da mala. Instantes depois, em frente à janela, Poliana bateu palmas, entre gritinhos.

— Ah, Nancy, eu não tinha visto ainda! Olhe que lindo! As árvores lá embaixo, a bela torre da igreja e o rio brilhando que nem prata. Para que quadros na parede, se tenho este quadro tão lindo? Ah, estou tão contente que a tia me tenha dado este quarto!

Para o espanto da menina, Nancy rompeu em choro.

— Que é isso, Nancy? — disse Poliana, correndo para abraçá-la, desconfiada de que a tia tivesse tirado aquele quartinho da empregada. — Me diz, esse quarto era seu?

— Meu quarto! — explodiu Nancy, sufocando as lágrimas. — Ah, mas se a senhora não é um anjo que desceu do céu e se certas pessoas não são encarnações do demônio! Ah, mas que mundo é este? — E, com essas palavras, Nancy se levantou e desceu correndo a escada, em fuga.

Sozinha, Poliana voltou a admirar o "quadro", que era como mentalmente designava a paisagem emoldurada pela janela. Tentou abri-la. Estava emperrada, mas acabou abrindo e Poliana pôde se debruçar no peitoril e respirar o ar puro de fora. Foi abrir a segunda janela. Duas moscas entraram no quarto, zumbindo. E depois outras e outras. Mas a menina não prestou atenção. Havia feito uma descoberta maravilhosa, uma árvore enorme que espichava os galhos na direção da janela. Pareciam estar de braços abertos para agarrá-la.

Poliana de súbito riu alto.

— Acho que consigo alcançar — murmurou.

E trepando à janela, deu um jeito de puxar a ponta do galho mais próximo, agarrou-o e foi descendo pela árvore abaixo, que nem uma macaquinha, porque era mestra nisso de trepar em árvores. Por fim chegou à primeira forquilha do tronco e pulou para o gramado. Olhou ao redor, tentando adivinhar onde estava.

Estava nos fundos da casa. Na frente, ficava um jardim onde viu trabalhando, sobre os canteiros, um velho. Para além do jardim, notou um caminho estreito que subia por uma colina, em cujo topo se levantava um solitário pinheiro, ao lado de pedras enormes. Poliana pensou consigo que o melhor lugar do mundo para uma pessoa estar devia ser no alto daquelas pedras.

Deu uma corrida para lá, passando pelo velho sem ser percebida, e em minutos alcançou o alto da colina. Decidiu, então, escalar enquanto refletia como era longe aquele topo que visto da janela parecera tão pertinho.

Quinze minutos depois, o grande relógio da mansão dos Harrington batia as seis horas e, ao soar a última pancada, Nancy tocou a campainha de dar o sinal das refeições.

Um, dois, três minutos se passaram. Dona Poli estava de testa franzida, a bater o pé no assoalho. Já nervosa, levantou-se, foi até o *hall* e olhou para cima, impaciente. Ficou de ouvido atento por alguns segundos e voltou para a mesa.

— Nancy — disse ela, com decisão, logo que a empregada apareceu —, minha sobrinha está atrasada. Não, não a chame — continuou, vendo Nancy fazer menção de ir para a escada. — Eu já disse que o jantar era às seis horas, e, como não apareceu, vai ter que sofrer as consequências. Precisa aprender a ser pontual. Quando resolver descer, que vá jantar pão com leite na cozinha.

— Sim, senhora — respondeu Nancy, e foi bom que dona Poli não olhasse para a cara dela naquele momento.

Assim que terminou o jantar, Nancy foi voando ao sótão.

— Pão e leite, só porque a coitadinha ficou cansada e foi dormir! — ia ela murmurando pelo caminho. — Que mundo é este? — Mas logo que abriu a porta do quarto de Poliana, deu um grito. — Cadê a minha menina?

E procurou-a por toda parte, debaixo da cama, no armário, na mala e até dentro do jarro. Vendo que não estava por ali, desceu aos pulos a escada e foi até o velho Tom, no jardim.

— Sr. Tom, sr. Tom, aquela menina abençoada sumiu! — murmurou quase sem voz. — Desapareceu, voou para o céu, de onde havia fugido, a pobrezinha. Ela mandou que eu que a levasse para a cozinha para jantar pão, e o anjo a estas horas está comendo a comida dos anjos no céu, eu juro, eu juro!

O velho se ergueu e esticou os músculos.

— Fugiu? Para o céu? — repetiu, com o rosto meio bobo, enquanto olhava o pôr do sol. E depois, com um sorriso malandro: — Ah, Nancy, ela está querendo subir ao céu, está procurando o jeito, olhe lá — e apontou para a pedra em cujo alto se via a menina de pé.

— Não se foi desta vez, mas acabará indo — disse Nancy. — Se a patroa perguntar por mim, diga que saí para dar uma volta.

E foi correndo pelo caminho que levava ao topo da colina.

5
O JOGO

— Que medo me deu, dona Poliana! — foi dizendo Nancy ao subir para o alto da pedra.

— Medo? Ah, me desculpe, mas não precisa temer por mim, Nancy. Papai e as damas também, no começo, ficavam com medo de que acontecesse alguma coisa comigo, mas acabaram se acostumando. Nunca acontece nada comigo.

— Mas eu não sabia que a senhora tinha saído de casa — gritou Nancy, tomando a menina pela mão e ajudando-a a descer. — Nem eu, nem ninguém a viu sair. A senhora por acaso voou do sótão até aqui? Aposto!

Poliana saltou para o chão, com a agilidade de uma veadinha.

— Voei, sim, quase... Voei de cima para baixo pela árvore.

Nancy parou, atônita.

— Como é? Como é que foi?

— Desci pela árvore que cresce ali pertinho da minha janela.

— Estrelas do céu! — murmurou Nancy assombrada. — Nem imagino o que a sua tia iria dizer se ficasse sabendo!

— Quer saber? Pois é muito simples: vou contar tudo assim que a vir — respondeu Poliana alegremente.

— Pelo amor de Deus! — exclamou Nancy. — Nunca faça isso, não!

— Será que ela vai me responder que nem quando falei do papai?

— Não é bem isso, eu não sei, não fale, não. Eu bem pouco me importo com o que ela diria — gaguejou Nancy, disposta a impedir que Poliana recebesse outro sermão. — Mas vamos logo. Ainda nem lavei os pratos, a senhora sabia?

— Eu ajudo — prometeu a menina.

— Ah, dona Poliana! — disse a empregada em tom repreensivo.

Houve um breve silêncio. O céu ia ficando cada vez mais escuro. Poliana apoiou-se firme no braço da amiga.

— Estou contente, sabe? Contente de você ter ficado com medo e saído para me procurar — murmurou ela.

— Ô meu anjinho! E deve estar com fome, né? Só receio que tenha de ir comer comigo na cozinha, pão com leite. Sua tia ficou zangada de não ter aparecido na mesa.

— Mas como é que eu ia aparecer se estava aqui?

— Sim, mas ela não sabia — observou Nancy com vontade de rir. — Eu não gosto de pão com leite, não gosto, não!

— Pois eu gosto muito.

— Gosta mesmo? Por quê?

— Porque gosto, e vamos comer juntas, as duas. Não é normal que eu fique contente?

— Que coisa esquisita, dona Poliana! A senhora fica contente por tudo que acontece! — observou a empregada, lembrando-se das cenas do quartinho.

A menina sorriu.

— É que faz parte do jogo, não sabe?

— Do jogo? Que jogo?

— O "jogo do contente", não conhece?

— Quem é que botou isso na sua cabeça, menina?

— Papai. Ele me ensinou esse jogo, que é lindo — disse Poliana. — Em casa brincávamos disso, desde que eu era pequeninha. Depois ensinei para as damas da Sociedade Beneficente, e elas também brincavam de ficar contentes.

— Como é? Eu não entendo muito de jogos.

Poliana sorriu de novo, porém com um suspiro, e sua face ficou sombria.

— Começou com umas muletas que vieram na caixa de doações.

— Muletas?

— Isso, muletas. Eu queria uma boneca, e papai havia pedido para que mandassem, mas quando a caixa chegou, não havia boneca dentro, e sim um par de muletinhas para criança. Foi então que o jogo começou.

— Mas não estou vendo nenhum jogo nisso — disse irritada.

— Ah, sim; o jogo é encontrar em tudo qualquer coisa para ficar alegre, seja lá o que for — explicou Poliana com toda a seriedade. — E começamos com as muletinhas.

— Eu não vejo como alguém pode ficar alegre de encontrar muletas em vez de bonecas. Não entendo.

A menina bateu palmas.

— Pois aí está o jogo! Eu também não via no começo, e papai teve que explicar.

— Pois então me explique o que ele lhe disse.

— Simples. Fiquei alegre justamente porque não precisava delas — gritou Poliana exultante. — Veja como o jogo é fácil quando se sabe.

— Que coisa mais esquisita! — exclamou Nancy, olhando para a menina, ressabiada.

— Esquisitice, nada, é lindo! — afirmou Poliana com entusiasmo. — E começamos com esse jogo desde esse dia. Quanto pior é o que acontece, mais engraçado fica. Às vezes, é bem difícil, como quando papai morreu, e fiquei só com as damas da Sociedade Beneficente...

— Sim, e também quando foi jogada num quartinho do sótão, sem quadros nem tapetes, sem nada — resmungou Nancy.

A menina suspirou.

— Foi duro de roer a princípio — admitiu ela —, principalmente a sensação de ficar tão sozinha no mundo. Eu não "joguei" naquela hora e fiquei lamentando a falta do que não tinha. Depois comecei o jogo e logo me lembrei de como é ruim ver as sardas do meu rosto no espelho e fiquei alegre de não ter espelho nenhum lá. E vi o "quadro" da janela e tudo mais. Você sabe, quando a gente quer uma coisa e encontra outra, esquece da primeira.

— Hum! — resmungou Nancy como se estivesse tratando de qualquer coisa entalada na garganta.

— Na maioria das vezes, não custa muito — suspirou Poliana. — Outras vezes, eu faço o jogo antes que qualquer coisa aconteça, de tanto que estou acostumada a jogar. Um jogo lindo! Eu e pa... pai jogávamos sempre. Agora fica mais difícil, porque não tenho ninguém que me ajude, não tenho parceiro. Talvez tia Poli queira jogar comigo, não?

— Ela? Pelas estrelas do céu! — rosnou Nancy entre os dentes. Então, disse em voz alta: — Escute, dona Poliana, não sei se vou jogar direitinho, porque não conheço nada desse jogo, mas, se quiser, eu jogo com você. Vou ser sua parceira, quer?

— Ah, Nancy! — exclamou a menina, abraçando-a com fúria. — Que maravilha! Vai ser tão bom...

— Pode ser que sim — concedeu a empregada, ainda incerta. — Mas não vá colocar muita expectativa em mim, viu? Nunca fui boa para jogos. Vou me esforçar bastante para a senhora ter sempre com quem jogar. — E, ainda discutindo sobre aquele assunto, entraram as duas na cozinha.

Poliana comeu o pão e bebeu o leite com grande apetite e, depois, a conselho de Nancy, foi para a sala de estar, onde estava dona Poli.

A grande dama recebeu-a friamente.

— Já jantou, Poliana?

— Já, tia Poli.

— Estou muito aborrecida, Poliana. De já no primeiro dia ter que obrigar você a jantar pão com leite na cozinha.

— Mas foi ótimo o que a senhora fez, tia Poli! Eu gosto muito de pão com leite, Nancy também. Não precisa se aborrecer por isso, não.

Dona Poli empinou-se na poltrona.

— Poliana, é hora de você ir para o quarto. Teve um dia difícil, e amanhã temos que organizar a sua vida e dar uma olhada na sua roupa para ver do que precisa. Nancy que arranje uma vela. Cuidado! Não a deixe acesa. O café da manhã é às sete e meia, preste atenção. Boa noite.

Poliana, que ainda não dominava os impulsos afetivos, aproximou-se da tia e lhe deu um apertado abraço.

— Fiquei muito contente com tudo hoje! — exclamou ela em tom de felicidade. — Já vi que vou gostar muito de viver em sua companhia, mas disso já eu tinha certeza antes de vir. Boa noite, tia Poli.

E alegremente correu para o sótão.

— Papagaios! — murmurou dona Poli para si mesma. — Que menina extraordinária, esta! Contente de tudo, de ser castigada, de morar comigo, de tudo, de tudo. Papagaios! Nunca vi coisa assim... — E, com essa observação, retomou a leitura interrompida.

Quinze minutos depois, lá no sótão, a menina abandonada soluçava debaixo dos lençóis.

— Eu sei muito bem, ó meu pai entre os anjos, que não estou jogando direito agora; mas creio que nem papai seria capaz de jogar direito aqui, neste silêncio escuro. Se ao menos eu tivesse tia Poli perto de mim, ou Nancy, ou as damas da Sociedade Beneficente...

Mas não estava só como julgava. Lá na cozinha, Nancy concluía a lavagem da leiteira resmungando daquele jeito de sempre.

— Se jogando esse jogo louco, de ficar contente com o que há, a gente fica contente até quando recebe muletas em vez de boneca, vou aprender esse jogo, vou, sim. A coitadinha...

A QUESTÃO DO DEVER

Já eram quase sete horas quando Poliana acordou, no dia seguinte à sua chegada à casa dos Harrington. As janelas do quarto davam para o Sul, então não era possível ver o nascer do sol; mas pôde ver o azul baço da manhã e teve a sensação do belo dia que vinha chegando.

No quartinho do sótão estava fresco àquela hora. No jardim, os passarinhos cantavam alegres, e Poliana foi para a janela conversar com eles. Viu que dona Poli já estava lá, passeando entre os roseirais, e tratou de vestir-se rápido para ir dar-lhe bom-dia.

Depois de se arrumar, desceu a escada de dois em dois degraus, deixando a porta do quarto aberta. E correu para o jardim.

Tia Poli estava dando ordens ao velho jardineiro quando a menina, transbordante de alegria, apareceu.

— Ah, tia Poli, tia Poli, estou tão contente esta manhã...

— Poliana! — repreendeu a grande dama com severidade, esticando-se como se tivesse um peso de cem quilos puxando-a para cima. — E por acaso é assim que se dá bom-dia?

A menina caiu em si e dominou o seu ímpeto.

— Sei disso, mas é que, quando gosto das pessoas, não consigo evitar e fico toda contente. Vi a senhora lá da janela, tia Poli, e fiquei alegre de que fosse minha tia, e não uma dama da Sociedade Beneficente, e a senhora me pareceu tão boa que não pude resistir a vir lhe dar um abraço.

O velho Tom virou-se de costas como a esconder qualquer coisa, e dona Poli tentou franzir a testa, mas não conseguiu parecer tão brava como normalmente parecia.

— Poliana, você... Escute, Tom, estamos entendidos por hoje a respeito desta roseira — disse ela, com grosseria, e se afastou.

— O senhor trabalha sempre neste jardim, senhor... senhor Homem? — perguntou a menina com interesse.

O velho, com os lábios trêmulos e os olhos marejados, olhou para ela.

— Sim, senhora. Eu sou o velho Tom, jardineiro da família — respondeu ele. Depois, timidamente, como impelido por uma força irresistível, ergueu a mão rude e a passou por um instante na cabecinha loura, dizendo: — A menina é tão parecida com dona Jennie... Eu a conheci quando era ainda menor que você, senhora. Eu já estava neste serviço, naquela época.

Poliana prendeu a respiração.

— Conheceu minha mãe? Conheceu mesmo? Quando ela era ainda anjo da terra, e não anjo do céu, como hoje? Ah, me fale da minha mãe! — E Poliana sentou-se na beirada do canteiro, em frente ao velho Tom.

Mas a campainha das refeições soou nesse momento, e Nancy apareceu, correndo.

— Dona Poliana, este sinal quer dizer café da manhã — gritou ela, toda esbaforida, quando chegou, já puxando a menina para casa. — Sempre que ouvir o toque, vá para casa correndo, esteja onde estiver, nunca demore. Se não fizer assim, duvido que encontre algo para ficar contente. — E levou-a para dentro como quem toca uma galinha rebelde.

A refeição da manhã correu em silêncio durante os primeiros minutos; depois a testa de dona Poli enrugou-se: duas moscas estavam zumbindo no ar.

— Nancy, de onde vieram estas moscas?

— Não sei, dona Poli. Da cozinha não foi, pois não há nenhuma lá.

Nancy ignorava que Poliana havia aberto as janelas do sótão.

— Creio que são as minhas moscas, tia Poli — observou a menina amavelmente. — Tenho um monte delas lá no quarto, alegríssimas do belo tempo que faz hoje.

Nancy saiu correndo da sala, pois havia se esquecido de pôr na mesa o prato de broinhas que trouxera.

— Suas moscas! — exclamou dona Poli. — E o que isso significa?

— Vieram de fora, tia Poli, disso não tenho dúvida. Eu vi quando entraram.

— Você viu?! Quer dizer que levantou as vidraças do quarto?

— Isso mesmo. E como não havia telas de arame, as moscas entraram.

Nesse momento, Nancy reapareceu com as broinhas; seu rosto estava contido, porém muito vermelho.

— Nancy — disse a grande dama com voz cortante —, largue essas broinhas e vá fechar as janelas do quarto desta menina. Feche também a porta. E depois de acabar a sua tarefa, dê uma busca pela casa e mate todas as moscas que entraram. Faça um serviço decente.

E para a menina:

— Poliana, eu já encomendei telas de arame para as suas janelas. Era meu dever fazer isso. Mas creio que você esqueceu o seu dever.

— Meu dever? — balbuciou Poliana com os olhos arregalados.

— Sim. Sei que está muito calor, mas, mesmo assim, o seu dever é deixar as janelas fechadas até que as telas cheguem. Moscas, Poliana, não são somente imundas e inoportunas, mas também fazem mal para a saúde. Depois do café, verei um folheto com um estudo sobre isso. Tem que ler.

— Ler? Ah, obrigada, tia Poli! Gosto tanto de ler...

Dona Poli suspirou, mas não disse nada. Vendo sua expressão tão severa, Poliana ficou inquieta.

— Estou muito aborrecida de ter esquecido o meu dever, tia Poli — disse ela em tom de arrependimento. — Nunca mais erguerei as vidraças.

A tia não respondeu nada. Ficaram em silêncio até o fim da refeição. Dona Poli se levantou, foi a uma estante e pegou um folheto.

— Aqui está — disse à menina em seguida. — O artigo sobre as moscas de que falei. Quero que vá para o quarto e leia imediatamente. Daqui a meia hora, vou lá dar uma olhada nas suas roupas.

Com os olhos no desenho aumentado da cabeça de uma mosca, Poliana exclamou com alegria:

— Ah, obrigada, tia Poli! — E foi correndo para cima, deixando que a porta batesse.

Dona Poli franziu a testa, hesitou; depois cruzou a sala majestosamente e abriu a porta; mas a menina já estava fora do seu alcance, subindo a escadinha que levava ao sótão.

Meia hora mais tarde, quando dona Poli, severa como sempre no cumprimento dos seus deveres, subiu a escada do sótão e entrou no quarto de Poliana, foi recebida com um jorro de entusiasmo.

— Ah, tia Poli, eu nunca li nada mais interessante do que este livrinho! Estou tão contente que a senhora tenha me dado para ler... Nunca imaginei que as moscas pudessem carregar tanta coisa ruim nas patinhas e...

— Pois é — observou dona Poli com dignidade. — Mas vamos lá, traga suas roupas para eu dar uma olhada. O que não servir será dado aos Sullivan.

Com visível relutância, a menina depôs o folheto sobre a mesa e foi até o guarda-roupa.

— Estou com medo de que a senhora ache as minhas roupas ainda piores do que as damas da Sociedade Beneficente achavam. Elas disseram que era uma vergonha. Mas isso porque, na caixa de doações, só havia coisas para meninos, a senhora já viu uma caixa de doações?

O aspecto de dona Poli parecia irritado, então a menina voltou atrás.

— Ah, me desculpe, sei que nunca viu — corrigiu-se, corando. — Esqueci que os ricos não sabem disso. Mas é assim, às vezes! Esqueço que a senhora é rica quando estou aqui neste quartinho, a senhora sabe como é.

Os lábios de dona Poli abriram-se indignados, mas nenhuma palavra escapou da boca. Sem a menor ideia de que havia dito algo errado, Poliana continuou:

— Como eu ia dizendo, sobre essas caixas de doações a gente pode jurar uma coisa: nunca têm o que a gente pensa. Havia vezes, quando uma caixa chegava, em que até era difícil jogar o jogo do contente com pa...

Aí a menina lembrou da advertência da tia quanto ao seu pai e, de atrapalhada, enfiou a cabeça no guarda-roupa e tirou para fora uma braçada de pobres vestidinhos.

— Não são bonitos — disse ela —, e não tenho nenhum preto, por causa do tapete vermelho que era preciso dar à igreja. Mas são os que tenho.

Com a ponta dos dedos, dona Poli remexeu aquele amontoado de vestidos velhos, feitos para quem quer que fosse, menos para Poliana. Depois passou a examinar as roupinhas brancas da cômoda.

— Eu trouxe só o que havia de melhor — desculpou-se a menina. — As damas da Sociedade Beneficente me deram tudo isso. A senhora presidenta disse que elas tinham de me dar um enxovalzinho, senão iam se arrepender pelo resto da vida. Mas não vão se arrepender, não. Seu White não gosta de brigas. Ele tem coragem, diz sua mulher, mas também sabe ganhar dinheiro, e elas esperam que ele dê uma boa soma para o carpete, por causa da coragem, a senhora sabe. É por causa da coragem que ele tem dinheiro, não acha?

Dona Poli parecia não ouvir. Depois de examinar, voltou-se para Poliana um tanto bruscamente.

— Você já esteve na escola, imagino.

— Ah, sim, tia Poli. Além disso, pa... quero dizer, além disso fui também ensinada em casa.

Dona Poli franziu a testa.

— Muito bem. No outono, entrará numa escola aqui. O sr. Hall é o diretor e verá em que classe poderá começar. Enquanto isso, quero que leia em voz alta para mim uma meia hora por dia.

— Eu gosto muito de ler e, se a senhora não fizer questão de me ouvir, gostaria de ler para mim mesma. Gosto de ler para mim por causa das palavras difíceis, a senhora sabe.

— Não duvido disso — declarou a grande dama. — E música? Estudou?

— Não muito. Não gosto da minha música, só gosto da dos outros. Estudei piano um pouco. A sra. Gray, que toca órgão na igreja, me ensinou. Mas já esqueci tudo, tia Poli, essa é a verdade.

— Hum! — rosnou a dama com as sobrancelhas levantadas. — Acho que é minha obrigação que você aprenda música. E costura?

— Costuro, sim — suspirou Poliana. — As damas me ensinaram a coser, mas não foi fácil. Sra. Jones queria que eu segurasse a agulha dum certo jeito para fazer casas; sra. White queria que o ponto-atrás fosse ensinado antes do alinhavo de bainha, e sra. Harriman não concordava em manter a gente fazendo remendos todo o tempo.

— Bom. Aqui não vamos ter esse problema. Eu mesma vou ensinar. E imagino que cozinhar você não saiba.

Poliana riu com gosto.

— Foi justamente neste verão que começaram a me ensinar, mas não deu tempo. Na cozinha elas discordavam ainda mais. Queriam começar pelo pão, porém não existiam duas que fizessem pão do mesmo jeito, e, depois de discutirem muito tempo, resolveram que eu fosse cada vez com uma delas à cozinha. Só aprendi a fazer bolo de chocolate e torta de figo, e tive de parar — concluiu a menina com um soluço na voz.

— Bolo de chocolate e torta de figo! — repetiu dona Poli com ironia. — Realmente! Temos que dar um jeito nisso logo. — E depois de uma pausa: — Cada manhã, às nove horas, você lerá alto para mim, até nove e meia. Antes disso, terá que arrumar o quarto. Quintas e sábados, depois das nove e meia, irá para a cozinha aprender a lavar pratos com Nancy. Nos outros dias, costurará ao meu lado. As tardes ficarão para a música, e o quanto antes vou dar arranjar um professor para você — concluiu ela decisivamente e se ergueu da cadeira.

Poliana gritou apavorada:

— Ah, tia Poli, mas assim a senhora não me deixou tempo nenhum para... para viver.

— Para viver? Como assim? Como se não estivesse vivendo o tempo todo...

— Ah, estou respirando o tempo todo, mas fazer isso não é estar vivendo, tia Poli. A senhora respira todo o tempo que está dormindo, e quem dorme não vive. Estou falando de viver, ou seja, fazer coisas de que a gente gosta, como brincar lá fora, ler para mim mesma, subir no morro, conversar com o senhor Tom e Nancy no jardim e saber tudo a respeito das casas e das pessoas que moram nas lindas ruas por onde passei. Isso é o que eu chamo viver, tia Poli. Respirar só não é viver.

Dona Poli ergueu a cabeça num movimento irritado.

— Poliana, você é a mais extraordinária das meninas! Vai ter, certamente, tempo de brincar. Mas não esqueça que, se estarei cumprindo o meu dever de lhe dar uma educação adequada, você deve também ter boa vontade para que essa educação não se desperdice por futilidades.

— Ah, tia Poli! Como se eu pudesse ser ingrata com a senhora! — murmurou Poliana ofendida. — Eu gosto da senhora, e a senhora não é nenhuma dama da Sociedade Beneficente, é minha tia!

— Muito bem: nesse caso você não invente de virar uma adolescente rebelde — disse dona Poli e se virou para sair pela porta.

Já estava descendo a escada quando a vozinha incerta da menina a chamou.

— Tia Poli, é que a senhora não me disse quais roupas têm que ser dadas.

Dona Poli emitiu um suspiro de cansaço, um suspiro que chegou até lá em cima.

— Pois é, Poliana, esqueci de dizer. Timóteo nos levará às lojas esta tarde. Nenhuma dessas roupas serve para uma sobrinha minha. Eu não estaria cumprindo o meu dever se a deixasse usar essas coisas.

Poliana suspirou também; estava começando a odiar aquela palavra: "dever".

— Tia Poli, por favor — gritou ela ainda. — Será que não tem nenhum jeito de a senhora ficar um pouquinho mais feliz com esse tal de "dever"?

— Quê?! — exclamou a grande dama, olhando para o alto com surpresa nos olhos. Depois, com o rosto todo vermelho, desceu as escadas com raiva e foi dizendo: — Você deixe de ser impertinente, Poliana!

A menina caiu exausta sobre uma cadeira. A vida parecia apenas um dever atrás do outro.

— Não acho que eu tenha sido impertinente — soluçou ela. — Só perguntei se havia um jeito de jogar o jogo do contente nesse negócio de deveres...

Por vários minutos, Poliana guardou silêncio, com os olhos fixos nas roupinhas amontoadas sobre a cama. Depois se levantou e foi separá-las.

— Não consigo ver alegria nenhuma nisso — murmurou em voz alta —, a não ser que a gente fique alegre depois que cumprir esse tal dever.

Essa ideia foi um consolo.

AS PUNIÇÕES DE DONA POLI

À tarde, Timóteo levou dona Poli e a sobrinha a quatro das cinco principais lojas da cidade, que ficavam pouco distante da mansão.

Arranjar um novo guarda-roupa para Poliana foi um acontecimento e tanto para todos que tomaram parte na tarefa. No fim, dona Poli estava aliviada — o mesmo alívio que alguém sentiria se pisasse em terra firme depois de sapatear sobre um vulcão. Os vendedores ficaram a semana inteira morrendo de rir enquanto contavam histórias daquele dia. Mas Poliana, por outro lado, saiu das lojas com o rostinho sardento cheio de alegria, isso porque, como confidenciou a um dos comerciantes, "quem só tinha roupas vindas de doação e era vestida só pelas damas da Sociedade Beneficente fica feliz da vida quando entra numa loja e compra tudo novinho e no tamanho certo, sem necessidade de encurtar aqui ou esticar ali".

A sessão de compras durou toda a tarde; depois veio o jantar e uma deliciosa conversa no jardim com o velho Tom, e outra no quintal com Nancy, enquanto dona Poli visitava os vizinhos.

O velho Tom contou maravilhas da sua mãe, com palavras que a deixaram toda feliz, e Nancy narrou toda a vida da sua família em The Corners; também prometeu que, se Poli deixasse, na primeira oportunidade a levaria lá.

— E eles têm lindos nomes — dizia Nancy. — Juro que vai gostar dos nomes deles. Um se chama Algernon; outra, Florabelle; e outra, Estelle. O único feio é o meu, Nancy. Detesto esse nome.

— Ah, Nancy! Por quê?

— Porque não é bonito como os outros. Você sabe, eu fui a primeira, a minha mãe ainda não tinha lido as bonitas histórias de onde pegou os nomes dos outros.

— Mas eu acho Nancy lindo, justamente porque é o seu — declarou Poliana.

— Hum! A senhora diria a mesma coisa se fosse Clarice Mabelle — replicou Nancy —, e seria muito melhor para mim. Isso é que é nome!

Poliana riu.

— Pois se dê por feliz de não ser chamada Hephzibah!

— Hephzibah?

— Sim. O nome da sra. White é Hephzibah. O marido usa apenas Hip, e ela odeia. Diz que, quando ele grita "Hip, Hip!", ela fica à espera de que alguém grite atrás: "Hurrah!".

Nancy caiu na gargalhada.

— Isso eu nunca tinha ouvido! E sabe? De agora em diante sempre que gritarem "Nancy" vou me lembrar do "Hip, Hip!" e cair na risada. Meu Deus! E não é que estou mesmo alegre?

Parou, cismando, e depois se voltou, de olhos arregalados, para a menina.

— Escute, dona Poliana, isso que disse, de eu ter me livrado de ser chamada Hephzibah, não é o jogo do contente?

Poliana franziu a testa; depois riu.

— Isso, Nancy, isso mesmo! Eu estava jogando o jogo do contente, mas sem pensar. Acontece muito. Viu só? A gente fica tão acostumada que joga sem saber. Sempre há um jeito de ficar feliz; a questão é descobri-la.

— Deve ser assim mesmo — respondeu Nancy, sempre de olhos arregalados, pensativa.

Às oito e meia, Poliana subiu para o seu quartinho. As telas de arame ainda não tinham chegado, e o sótão parecia um verdadeiro forno. A menina olhou para as vidraças fechadas com olhos implorativos, mas não as abriu. Despiu-se, dobrou as roupas direitinho, rezou, soprou a vela e foi para a cama.

Por muito tempo, ficou se revirando de um lado para outro, sem sono e sufocada; por fim, levantou-se e foi abrir a porta.

O sótão estava todo escuro, a não ser por um pouquinho de luz do luar que entrava por uma janelinha. Sem medo nenhum, Poliana atravessou o escuro e, como uma mariposa, foi para a luz, na esperança de que a janelinha tivesse tela de arame e pudesse ser aberta. Não tinha, e lá ficou ela atrás dos vidros, em êxtase com a beleza da paisagem enluarada, adivinhando o ar fresco e puro que envolvia o mundo. Que bom se pudesse respirá-lo e assim aliviar-se daquele horrível forno!

Olhando melhor, percebeu algo mais; viu, a pouca distância da janela, o teto de chumbo do solário de dona Poli, construído na frente da casa. Aquele detalhe encheu-a de desejos. Ah, se pudesse dormir lá em cima...

De repente, voltou-se para trás. Estava tudo escuro. Lá mais adiante, o seu forninho e a sua cama, uma grelha perfeita. Entre ela e o forninho, um deserto de escuridão que só podia ser atravessado com as mãos estendidas. E embaixo o teto do solário, vazio, inútil, delicioso com aquele frescor noturno!

Ah, se sua cama estivesse fora do quarto! Quanta gente não dorme a céu aberto? Joel Hartley, que era tuberculoso, só dormia fora de casa.

Em dado momento, lembrou-se de ter visto naquele sótão uma fileira de sacos pendurados em pregos. Sacos de roupas de inverno, ali guardadas no verão, conforme Nancy tinha explicado. Com medo, Poliana foi até um dos sacos, tirou de dentro uma coisa que servisse de colchão (uma pele de foca de dona Poli) e mais outra coisa que servisse de travesseiro. Assim equipada, dirigiu-se à janelinha do luar, ergueu a vidraça, jogou a "cama" sobre o teto de chumbo e depois deu um jeito de escorregar até lá, mas não sem antes fechar a janela. As moscas traziam terríveis males nas patinhas!

Que frescor delicioso encontrou no teto do solário! Poliana teve vontade de dançar. Mesmo assim, ficou apenas indo de um lado para outro, fazendo a armação estalar sob seus pés e feliz da vida por estar longe, longe do seu quartinho quente que nem forno. Depois se acomodou da melhor maneira sobre a pele de foca e se encolheu para dormir.

— Estou tão contente agora de que estas telas de arame não tenham vindo! — murmurou ela, piscando para as estrelas. — Se tivessem vindo, eu não estaria aqui, neste lugar encantador...

Embaixo, no quarto de dona Poli, vizinho ao solário, a grande dama, apavorada, se levantou de camisola para telefonar ao Timóteo.

— Venham depressa! Você e seu pai. Tragam lanternas. Há alguém em cima do solário. Com certeza subiu pelo jirau das roseiras ou não sei por onde e vai entrar na casa pela janelinha do sótão. Já fechei bem fechada a porta que dá para a escada do sótão, mas venham depressa, corram!

E foi assim que Poliana, já caída em sono profundo, foi acordada de súbito e ficou tonta pela luz de uma lanterna e as exclamações dos investigadores. Abriu os olhos, esfregou-os e reconheceu Timóteo no topo de uma escada, o velho Tom descendo pela janela e dona Poli, com as mãos na cintura, espiando lá de baixo.

— Poliana, mas o que é isso?

A menina piscou os olhos sonolentos e sentou-se.

— Oh, sr. Tom... Tia Poli! Não precisam ficar com medo! O Joel Hartley dormia fora sem perigo nenhum. Vim para cá porque estava muito abafado lá. Mas deixei a janela fechada, não se assuste. As moscas que trazem tantos germes nas patas não vão ter como entrar.

Timóteo desapareceu precipitadamente escada abaixo, e o velho Tom, com igual precipitação, entregou a lanterna a dona Poli e foi embora atrás do filho. Dona Poli ficou mordendo o lábio até que os homens desaparecessem ao longe. Só então começou:

— Poliana, jogue essas coisas para mim e desça já daí! Ah, mas que menina fora do comum!

Logo depois, de lanterna em punho e com Poliana ao lado, foi para o sótão. A menina sentiu mais ainda o calor, em contraste com o frescor que tivera lá fora, mas não reclamou de nada. Só não conseguiu evitar um longo suspiro.

No alto da escada, dona Poli deu a sentença, com energia:

— O resto da noite a senhora Poliana vai passar ao meu lado, em minha cama. As telas de arame chegarão amanhã e até lá o meu dever é ficar de olho em você.

A menina respirou extasiada.

— Com a senhora? Na sua cama? Ah, tia Poli, tia Poli! Que bondade e que gentileza a sua! Como tenho desejado dormir com alguém, com alguém que não seja as damas da Sociedade Beneficente. Nossa, como estou contente que as telas de arame não tenham vindo. Não foi ótimo isso?

Não teve resposta. Dona Poli seguiu na frente, muito tensa. Sentia-se desarmada. Era a terceira vez, desde a chegada da menina, que castigava a sobrinha, e Poliana sempre transformava o castigo em uma excepcional e preciosa recompensa. Isso deixava a grande dama completamente desnorteada e sem saber como agir.

POLIANA FAZ UMA VISITA

Aos poucos a vida na casa dos Harrington voltou à ordem, embora não fosse a ordem sonhada por dona Poli ou a que ela havia recomendado. Poliana costurava, lia em voz alta, estudava música e aprendia a cozinhar, é verdade, mas sem dar a essas coisas todo o seu tempo. Também "vivia", como costumava dizer. Das duas às seis, as tardes eram suas para viver à vontade, contanto que não fizesse o que dona Poli não gostava.

Não havia certeza se todo esse tempo de folga dado à menina era uma recompensa pelo seu trabalho ou um descanso para dona Poli — descanso de Poliana. Durante os primeiros dias daquele mês de julho, dona Poli teve muitas oportunidades de exclamar "Oh, que extraordinária menina!" e, ao fim de cada lição de leitura ou de costura, a grande dama mostrava-se mais tonta e exausta do que a própria discípula.

Já na cozinha, Nancy não se queixava; não tonteava nem se cansava. Quintas e sábados eram, ao contrário, um encanto para a boa moça.

Não havia crianças nos arredores da mansão com as quais Poliana pudesse brincar. A casa era afastada da cidade e, muito embora houvesse outras moradias mais para a frente, não existiam nelas crianças da idade de Poliana. Isso, aliás, não incomodou a menina.

— Não dou muita bola para isso. Já fico contente de olhar as casas e ver as pessoas. Gosto de ver gente, e você, Nancy?

— Olha, não sei se gosto, ou melhor dizendo, gosto e não gosto. De muita gente não gosto — respondeu ela, querendo dizer que tudo dependia das suas simpatias e antipatias.

Cada tarde de bom tempo vinha encontrar Poliana ansiosa por um pretexto para sair a passeio, numa direção ou outra, e foi durante um desses passeios que encontrou "o Homem". Chamava-o de "o Homem", apesar de viver vendo dúzias de homens.

O Homem sempre vestia um casaco até os joelhos e um chapéu alto, duas coisas que a maioria dos homens não usava. Tinha as faces sempre barbeadas e pálidas e os cabelos, que apareciam debaixo do chapéu, já grisalhos. Caminhava esticado e com pressa, sempre sozinho, o que fazia Poliana ficar com dó dele. Talvez tenha sido por isso que puxou conversa um dia.

— Como vai, senhor? Está um tempo lindo, não? — foi como se aproximou do sujeito solitário.

O homem, que vinha distraído, parou, indagativo.

— Está falando comigo, menina?

— Estou, senhor. Perguntei se não estava um belo dia.

— Está? Ah! Hum! — resmungou ele e apressou o passo.

Poliana sorriu: "Que homem engraçado!", pensou consigo.

No dia seguinte, encontraram-se de novo.

— Não está um dia tão bonito como ontem — disse Poliana —, mas serve, não acha?

— Serve? Ah! Hum! — resmungou o homem mais uma vez, e a menina sorriu de novo.

Da terceira vez que Poliana o importunou com uma pergunta semelhante, ele parou bruscamente.

— Menina, quem é você? Por que fica todos os dias me fazendo essas mesmas perguntas sobre o tempo?

— Sou Poliana Whittier e vivo imaginando que o senhor é um homem triste por ser sozinho. Ah, estou tão contente que tenha parado para falar comigo! Agora já estamos apresentados, só que ainda não sei seu nome.

— Bom, eu... — começou o homem, mas não concluiu e se afastou, mais apressado ainda.

Poliana ficou desapontada e o seguiu até longe com os olhos.

— Será que ele não entendeu o que eu disse? Nesse caso foi apenas uma meia apresentação. Fiquei sem saber o seu nome. Amanhã daremos um jeito nisso.

Poliana estava naquele dia levando geleia de mocotó para uma tal de dona Snow, presenteada por dona Poli uma vez por semana. Dona Poli considerava isso do seu dever, visto que dona Snow era pobre, doente e frequentava a sua igreja, e todos os membros da igreja tinham esse dever. Dona Poli cumpria o seu todas as tardes das terças-feiras.

Naquele dia, Poliana havia pedido para levar a geleia, e Nancy com relutância concordou, depois de pedir autorização à patroa.

— Eu tenho vergonha do que fiz — confessou ela mais tarde à menina. — Tirar o serviço de mim para deixar tudo para meu anjinho. Ah, que feio...

— Mas eu queria levar, Nancy! Gosto de levar geleia.

— Gostará da primeira vez. Depois não gostará mais — disse a moça.

— Por quê?

— Porque ninguém gosta da dona Snow. Se não fosse a caridade das pessoas, ninguém nunca apareceria por lá. Só tenho dó da pobre Milly, a filha que cuida dela.

— Não entendi, Nancy. Me explique.

A moça deu de ombros.

— Em poucas palavras, dona Snow jamais está contente com coisa nenhuma. Nem com os dias da semana. Se é segunda-feira, ela reclama que não é quarta; se a gente leva geleia, ela suspira e diz que preferia galinha; e se a gente leva galinha, suspira por geleia.

— Que mulher engraçada! — exclamou Poliana. — Acho que vou gostar da dona Snow. Deve ser tão, tão diferente. Eu gosto de criaturas diferentes.

— Hum! Pois ela é diferente mesmo; e que fique com essas diferenças para lá, porque eu... — e finalizou, torcendo o nariz.

Poliana estava pensando nessa conversa quando chegou ao pequeno chalé de dona Snow. Seus olhos brilhavam na ânsia de conhecer a estranha criatura diferente.

Uma mocinha pálida, de ar cansado, veio abrir a porta.

— Como vai? — saudou Poliana com todo o carinho. — A dona Poli Harrington me mandou vir aqui, e eu gostaria de ver dona Snow.

— Gostaria de vê-la? Olha, você é a primeira pessoa que ouço dizer isso! — resmungou a moça para si mesma, tão baixinho que Poliana mal ouviu.

Em seguida, mandou-a entrar e levou-a ao quarto da doente.

Ao chegar ao quarto sem luz, Poliana não enxergou nada e ficou uns instantes parada para os olhos se acostumarem ao escuro. Depois foi vendo, numa cama, no meio do quarto, a silhueta de um vulto espichado. Poliana adiantou-se.

— Como vai passando, dona Snow? Tia Poli mandou lembranças e este copo de geleia de mocotó.

— Meu Deus! Geleia? Ah, agradeço muito, mas eu estava esperando que viesse hoje um pouco de refogado de carneiro.

A menina franziu levemente a testa.

— Como? Pensei que fosse galinha que a senhora estivesse querendo hoje, em vez de geleia.

— Quê? — gritou a doente, virando-se na cama.

— Nada — desculpou-se Poliana. — Não é nada. Foi a Nancy que disse que a senhora sempre quer galinha quando ganha geleia, e quer geleia quando ganha galinha. Mas em vez de galinha a senhora quis refogado de carneiro. Nancy errou, aquela boba.

A doente fez um esforço até sentar-se na cama, uma coisa de que ninguém a suporia capaz. E questionou a menina furiosamente:

— E quem é a senhora, dona Metida? — Poliana riu com gosto.

— Ah, o meu nome não é esse, dona Snow, e fico contente que não seja! Sou Poliana Whittier, sobrinha de dona Poli Harrington. Vim viver com ela faz pouco tempo. Por isso estou aqui, com esta geleia.

Durante a primeira parte da explicação, a doente permaneceu sentada na cama; do meio para o fim, entretanto, foi descaindo sobre os travesseiros até acabar imóvel.

— Fico muito agradecida. Sua tia é, sem dúvida, realmente bondosa, mas esta manhã estou com fome e era refogado de carneiro que estava querendo — murmurou ela. Depois mudou bruscamente de assunto: — Não dormi nem um tiquinho esta noite, nem um tiquinho.

— Que pena isso não me acontecer também! — suspirou Poliana, colocando a geleia sobre a mesa de cabeceira e sentando-se à vontade numa cadeira. — A gente perde tanto tempo quando dorme, não acha?

— Perde tempo dormindo?! — exclamou a mulher atônita.

— E não é assim? Quem dorme está morto, e é tão bom viver, não acha?

A mulher sentou-se de novo na cama.

— Hum! Nunca vi uma criatura pensar assim, menina! Está ótimo. Escute, vá ali e abra aquela cortina, faça o favor. Quero ver que cara você tem.

Poliana levantou-se, mas riu que nem uma louquinha.

— Ah, moça! Com a luz você vai ver as minhas sardas, não é? — E abriu as cortinas com um suspiro. — Eu estava tão contente com o escuro. Gosto do escuro justamente por causa das sardas. Pronto! Agora a senhora pode... — e interrompendo-se: — Ah! Estou tão contente que a senhora queira me ver, porque agora posso vê-la também. Ninguém me disse que era uma criatura tão linda.

— Eu! Linda, eu? — exclamou a mulher assombrada.

— Sim, a senhora! Não sabia?

— Nunca ouvi dizer isso — retorquiu secamente dona Snow, que já estava com cinquenta anos e quase todo esse tempo passara ocupada em desejar as coisas que não tinha, de modo a nunca sobrar momentos para aproveitar aquilo que possuía.

— Sim, dona Snow — continuou a menina —, seus olhos são grandes e escuros, seus cabelos são também escuros e cacheados. Gosto muito de cabelos cacheados. E tem duas manchas de rosado nas faces. Sim, dona Snow, a senhora é bem bonita! Nunca prestou atenção? Nunca se viu em um espelho?

— Espelho! — gritou a doente, caindo de costas outra vez. — Não ando perdendo muito tempo namorando os espelhos nestes últimos tristes dias, e você faria o mesmo se estivesse no meu estado.

— Espere — disse Poliana com simpatia. — Deixe-me mostrá-la a si mesma.

E foi apanhar um espelho que viu na parede. Ao voltar, parou e, com olhos críticos, contemplou a doente.

— Um momento. Quero antes pentear esse cabelo e fazer mais umas coisinhas. Depois a senhora vai poder se olhar à vontade. Dá licença?

— Sim, eu... eu dou, sim — murmurou a mulher meio indecisa. — Mas não acho que seja uma boa ideia.

— Ah, gosto tanto de pentear cabelos! — exultou Poliana, aproximando-se com um pente. — Hoje estou com pressa e vou fazer um penteado mais ou menos, mas na próxima faço o serviço completo, viu? — E então foi arrumando com muita arte os cabelos desgrenhados da mulher.

Durante cinco minutos, Poliana trabalhou concentrada na arrumação daquela cabeleira que há muito tempo não via um pente. Aos poucos a inválida foi renascendo, cada vez mais animada.

— Pronto! — exclamou Poliana, tomando um cravo de um vaso de flores e colocando-o na cabeleira escura, de modo que fizesse mais efeito. — Agora, sim, pode se olhar.

E, toda orgulhosa, ergueu o espelho.

— Hum... — resmungou a mulher, enquanto se examinava com cuidado. — Gosto mais dos cravos vermelhos do que dos cor-de-rosa; mas eles murcham de noite, morrem...

— E a senhora deve ficar contente com isso — exclamou Poliana —, porque depois terá o prazer de trocá-los. Estou gostando muito do seu cabelo penteado assim. Não acha que ficou bonito?

— Hum... talvez. Mas não vai durar, porque fico o dia inteiro me revirando na cama.

— Sim, não dura, e é muito bom que não dure — disse Poliana —, porque assim posso pentear a senhora mais vezes. Em todo caso, acho que a senhora deve ficar contente de ter cabelos escuros. Cores escuras realçam mais sobre o travesseiro do que o cabelo louro, como o meu.

— Pode ser. Mas cabelos escuros não duram; ficam grisalhos muito cedo — observou dona Snow, que apesar dessa restrição continuava a olhar-se ao espelho.

— Pois eu gosto demais dos cabelos negros e queria ter os meus dessa mesma cor — suspirou a menina.

A mulher largou o espelho e voltou o rosto irritado.

— Pois eu não queria nem você também iria querer se estivesse no meu lugar, deitada nesta cama o dia inteiro, a vida inteira.

Poliana franziu a testa, como se estivesse refletindo.

— Parece muito difícil, não acha?

— O quê?

— Ficar contente a respeito de certas coisas.

— Ficar contente quando se está na cama a vida inteira? Eu só queria que me dissesse que coisas me poderão fazer contente.

Para assombro de dona Snow, Poliana pulou da cadeira e bateu palmas de alegria.

— Ah, Deus! É mesmo uma coisa difícil, não é? Tenho que ir embora agora e vou pensando nisso o caminho todo, e talvez quando voltar possa dar a resposta. Até logo! Passei uns momentos ótimos em sua companhia. Adeus! Adeus! — E foi dizendo adeus até deixar o quarto.

— O que será que essa garota disse? — murmurou dona Snow, de olhos arregalados. Depois tomou de novo o espelho e voltou a se examinar atentamente. — Essa menininha tem jeito — era o que dizia o seu olhar. — Na verdade, nunca imaginei que eu ainda estivesse tão apresentável. Mas de que me serve isso agora? — concluiu, desapontada, largando o espelho e afundando-se nos travesseiros.

Pouco depois, quando Milly, a filha de dona Snow, entrou, o espelho ainda estava na cama, mas escondido sob a colcha.

— Que coisa é essa, mamãe? As cortinas abertas! — exclamou Milly, com os olhos cheios de assombro, indo da janela para o penteado e para o cravo que via na cabeça da mãe.

— Nada de mais. Acho que não estou condenada a ficar no escuro toda a vida só porque sou doente, não acha?

— Acho, mas... — murmurou Milly, abrindo um vidro de remédio. — O estranho é que eu sempre quis abrir essas cortinas e a senhora nunca me deixou, lembra?

A inválida não respondeu. Estava com os olhos no laço da camisola. Por fim, falou:

— Alguém precisa me dar uma camisola nova de presente em vez de tanta geleia e refogado de carneiro, para variar.

— Ah!

Foi tudo que saiu da boca de Milly, que já não entendia coisa nenhuma. Isso porque, na gaveta da cômoda, existiam duas camisolas novas, por ela mesma feitas, havia já meses, e que a mãe nunca quisera usar.

O "HOMEM"

Quando Poliana viu o Homem de novo, estava chovendo; mesmo assim o recebeu com um sorriso.

— Hoje o dia não está tão bom assim, não é? — foi como começou. — Fico muito satisfeita de que não chova sempre; seria terrível.

Dessa vez o homem não grunhiu nem virou a cabeça, e Poliana deduziu que ele não tinha ouvido. No dia seguinte, porém, ela insistiu e falou mais alto. Achou necessário continuar assim porque o homem seguia de cabeça baixa, o que era estranho, dada a beleza do dia. Poliana começou:

— Como vai? Estou tão alegre por hoje não ser ontem!

O homem parou de repente, mostrando raiva nos olhos.

— Escute, menina, hoje temos que acertar contas — disse ele carrancudo. — Tenho mais no que pensar além do tempo. Não sei e nem quero saber se o sol brilha ou não.

Poliana deu um sorriso de felicidade.

— Isso mesmo, senhor. Eu sei que não presta atenção no tempo e é justamente por esse motivo que digo todas as vezes como o tempo está.

— Ah, é? E então? — resmungou o homem, um tanto desnorteado com aquela réplica.

— E como expliquei. Digo para que o senhor fique sabendo se o sol brilha ou se o céu está nublado. Sei que o senhor ficaria bastante contente se prestasse atenção ao tempo.

— E que mais? — rosnou o homem já meio vencido, dando uns passos à frente, para logo depois deter-se e voltar. — Escute, por que não procura uma menina da sua idade para conversar?

— Eu bem que gostaria, só que não há nenhuma por aqui, mas também não faço questão. Gosto dos velhos também, e às vezes gosto ainda mais dos velhos que dos da minha idade. Eu me acostumei com as damas da Sociedade Beneficente, é isso.

— Hum! A Sociedade Beneficente, sim! E me acha parecido com essas tais damas?

Na cara do homem estava visível a luta entre a carranca e o sorriso. Poliana percebeu e riu com vontade.

— Ah, não, meu senhor. Não se parece nada com qualquer uma das minhas conhecidas, a não ser que seja tão bom como elas ou até melhor — acrescentou com educação. — Tenho certeza de que o senhor é muito mais gentil do que parece.

O homem se engasgou com qualquer coisa, apenas murmurou "Está bem" e saiu andando.

Na próxima vez em que se encontraram, tudo mudou. O homem olhou para Poliana com viva curiosidade e foi ele quem abriu a conversa.

— Boa tarde. Creio que devo dizer, antes de mais nada, que sei que o sol está brilhando hoje.

— Não precisava — replicou a menina com vivacidade. — Eu sabia que o senhor sabia, só de vê-lo...

— Como?

— Vi em seus olhos e em seu ar de riso.

— Hum! — resmungou o homem e foi embora.

Desde esse dia, Poliana e o homem falaram-se frequentemente, e sempre ele em primeiro lugar, embora muitas vezes se limitasse a um simples "boa-tarde". Um desses "boas-tardes" veio numa ocasião em que Nancy estava com a menina, e a moça muito se surpreendeu.

— Estrelas do céu, dona Poliana! Então esse homem fala com a senhora?

— Ah, sim, agora sempre fala — respondeu a menina, sorrindo.

— Sempre? Meu Deus do céu! A senhora sabe quem é ele?

Poliana fez com a cabeça que não.

— Ele se esqueceu de me dizer quem era no dia em que me apresentei.

Os olhos de Nancy arregalaram-se mais ainda.

— Mas faz anos que ele nunca fala com ninguém! Chama-se John Pendleton e vive sozinho numa enorme casa em Pendleton Hill. Nunca teve ninguém lá, nem cozinheira. Costuma vir ao hotel três vezes por dia, para as refeições. Eu conheço a garçonete Sally Miner, que o serve, e soube por ela que Pendleton mal abre a boca para pedir os pratos, fazendo-a adivinhar na maioria das vezes, e só come coisas baratas.

Poliana aprovou aquela preferência pelas coisas baratas.

— A gente tem de dar atenção às coisas baratas, quando a gente é pobre. Papai e eu fazíamos assim. Comíamos feijão e bolinhos de peixe, quase sempre. Ficávamos nos lembrando do quanto gostávamos do feijão, isto é, dizíamos isso sempre que dávamos com peru assado nas vitrines, a sessenta centavos o pedaço. Será que o seu Pendleton gosta de feijão?

— Se gosta de feijão! E lá importa se ele gosta ou não gosta? Acontece, dona Poliana, que de pobre ele não tem nada. Tem montes de dinheiro, que herdou do pai. Não há por aqui ninguém mais rico; tão rico, mesmo, que poderia comer só notas de dez dólares, se quisesse. E não gasta dinheiro nenhum. Vive economizando.

— Para salvar a alma dos pagãos — presumiu Poliana. — É um belo sacrifício, como me explicou papai.

Nancy quis replicar e negar tão altas intenções, mas a alegria confiante que via no rosto da menina a fez emudecer.

— Hum! — exclamou; e, depois, voltando atrás: — Mas é realmente espantoso que ele tenha falado com a senhora, dona Poliana! Não fala, nunca falou com ninguém, esse tal de Pendleton. Muita gente diz que é maluco, outros dizem que tem um "escaleto" no armário.

— Ah, Nancy! — protestou a menina com um arrepio. — Até parece que alguém teria uma coisa dessas em casa! Com certeza já jogou o esqueleto fora.

Nancy continuou:

— E todos afirmam que é um homem de mistério. Certos anos sai de viagem e passa meses na terra dos pagãos, Egito, Ásia, deserto de Saara, a senhora sabe.

— É então um missionário — declarou a menina.

Nancy riu.

— Não digo isso, dona Poliana. Mas, quando volta, escreve livros, estranhos livros a respeito de esquisitices que encontra nas terras dos pagãos. Só o que não faz é gastar dinheiro, isso nunca.

— Sem dúvida que nunca, já que está economizando para salvar os pagãos — declarou Poliana. — Mas é um homem interessante por ser diferente, assim como dona Snow, diferente do jeito dela.

— Sim, é... um tanto... — concordou Nancy.

— E eu estou muitíssimo satisfeita de que ele fale comigo — finalizou a menina, irradiando alegria.

UMA SURPRESA PARA DONA SNOW

Na próxima vez em que Poliana foi à casa de dona Snow, encontrou-a como na visita anterior, naquele quarto escuro.

— É a menininha de dona Poli, mãe — anunciou Milly no seu tom cansado e pediu que Poliana entrasse.

— Ah, é a menina? — murmurou a voz sempre irritada de dona Snow. — Lembro bem. Ninguém se esquece dessa mocinha, eu imagino. Por que não veio ontem? Desejei muito que viesse.

— É mesmo? Que bom; isso me deixa muito contente de que a distância entre ontem e hoje não seja grande — respondeu a menina, colocando a cesta sobre a cadeira. — Mas como está escuro aqui! Não enxergo nada. — E correu para entreabrir as cortinas. — Quero ver se a senhora penteou o cabelo do meu jeito. Não penteou! Mas não faz mal, porque depois eu faço um penteado bem caprichado. Agora, quero que olhe o que veio na cestinha.

— Como se olhar fosse fazer alguma diferença no gosto — caçoou a inválida, que, com dificuldade, virou-se na cama e olhou para a cesta. — Estou "olhando".

— Vamos — disse a menina, pondo-se atrás da cesta, pronta para abri-la. — Diga o que quer.

A doente vacilou.

— Hum! Neste momento não desejo nada, que eu saiba — murmurou num suspiro. — Tudo é a mesma coisa para mim.

— Assim não vale — exclamou a menina. — Se a senhora fosse desejar alguma coisa, o que desejaria? Diga!

A doente hesitou. Ela própria não sabia, porque estava tão acostumada a só desejar o que não tinha que declarar de antemão o que desejava parecia impossível; mas viu-se obrigada a responder à pergunta da "menina extraordinária".

— Então tá: seria refogado de carneiro.

— Foi o que eu trouxe! — gritou Poliana, radiante.

— Não, eu errei! — disse imediatamente a inválida. — Agora vi que o que o meu estômago deseja não é isso. Ele queria galinha.

— Ah, mas eu trouxe galinha também! — gritou Poliana, enchendo a mulher de assombro.

— Trouxe as duas coisas, então?

— E ainda mais! Trouxe também geleia. Eu queria que desta vez a senhora acertasse o que quer, e Nancy botou de tudo na cesta. É um pouco de cada um, mas mesmo assim. Ah, estou tão contente de que a senhora queria galinha! — continuou com ar triunfante, abrindo a cesta, de onde tirou três sopeiras. — A senhora não sabe meu medo de que dissesse que queria, por exemplo, tripas, ou bucho, ou batatas, pois não havia nada disso na cesta. Seria um desastre para mim, não acha? — Poliana ria como um anjo do céu.

O que responder? A inválida ficou uns instantes indecisa, atrapalhada.

— Muito bem — disse a menina, esvaziando a cesta. — Vou deixar os três pratos aqui em cima da cômoda. E como está passando hoje?

— Mal, bem mal, obrigada — murmurou dona Snow, recaindo na sua atitude de costume. — Perdi o sono de manhã. Nellie Higgins, a vizinha da esquerda, começou a estudar piano muito cedo e quase me deixou doida. Estudou a manhã inteira, imagine só.

Poliana concordou com um gesto de cabeça.

— Eu sei. É terrível. Dona White, uma das damas da Sociedade Beneficente, a senhora sabe, teve uma vez um ataque de reumatismo que não a deixava se mexer enquanto alguém estudava piano também. A senhora pode.

— Pode o quê?

— Mover-se ou mudar de posição quando a música fica insuportável.

Dona Snow arregalou os olhos.

— Não há dúvida de que posso me mover, mas só na cama — respondeu um tanto irritada.

— Pois então fique contente disso — concluiu a menina. — A coitada da dona White não podia. Ninguém pode se mexer quando está com esse tal de reumatismo, dizia dona White, embora venha o desejo de fazer coisas terríveis. Ela também disse mais tarde que teria ficado louca com aquele piano se não fossem os ouvidos da irmã de seu White.

— Ouvidos? Irmã de seu White? Que história é essa, menina?

Poliana riu.

— Ah, agora que lembrei que não expliquei e que a senhora não conhece dona White. Escute. Dona White, a irmã de Seu White, era surda, horrivelmente surda, e viera visitar dona White para cuidar dela durante o reumatismo. Pois bem, tanto dona White quanto o marido passavam um trabalhão para fazê-la entender qualquer coisa que fosse, então, cada vez que o piano tocava, dona White ficava contente de poder ouvi-lo, porque parecia horrível a ideia de ser como a irmã do marido, que não ouvia nem isso! A senhora vê, ela sabia jogar o jogo do contente. Eu que ensinei.

— O "jogo do contente"?

Poliana bateu palmas.

— Isso! Descobrir o que pode deixar a gente contente.

— Contente? Que história é essa, menina?

— Não se lembra? Na minha outra visita, a senhora pediu que eu dissesse alguma coisa com a qual pudesse ficar contente, mesmo condenada a ficar na cama o dia todo.

— Agora lembrei, mas não imaginei que estivesse falando sério.

— Era sério, sim — exclamou a menina, triunfante —, e eu achei. Mas foi difícil resolver o problema. Tive de pensar um montão. Mas achei.

— Achou, é? Pois diga o que é. — A voz de dona Snow tornou-se levemente sarcástica.

Poliana puxou um fôlego bem comprido.

— Resolvi o problema assim: que a senhora deve ficar muito contente de que o resto do mundo não esteja inválido e preso à cama que nem a senhora.

Dona Snow arregalou os olhos. Havia neles um fulgor de raiva.

— Muito bem, muito bem! — murmurou com voz desagradável.

— E agora vou explicar o tal jogo — disse a menina confiante. — Seria ótimo se a senhora jogasse, só que um tanto difícil no seu caso. É assim.

E Poliana começou do princípio, do caso da caixa de doações, na qual vieram muletinhas em vez de boneca. A história chegava ao fim quando Milly surgiu à porta.

— Sua tia está chamando, dona Poliana — disse ela, meio aborrecida. — Telefonou para os Harlow aqui perto. Mandou andar logo, porque tem uma lição ainda hoje.

Poliana ergueu-se com relutância.

— Muito bem. Já vou indo — suspirou. Mas de súbito abriu-se numa risada e disse:
— Acho que devo ficar contente de ter pernas para voltar depressa para casa, não é assim, dona Snow?

Não teve resposta. A inválida estava com os olhos fechados, e Milly pôde ver que pelas suas faces escorriam lágrimas.

— Até logo! — gritou Poliana da porta. — Sinto muito não ter penteado o seu cabelo hoje. Fica para outro dia, não é?

Um por um, foram se passando os dias de julho, dias felizes para Poliana, coisa que ela frequentemente contava à dona Poli. E a resposta era invariavelmente a mesma.

— Muito bem, Poliana. Gosto que sejam felizes os seus dias, mas desejo que também sejam proveitosos, porque, se não forem, eu terei falhado com os meus deveres.

Normalmente a menina respondia a isso com um abraço, carícia que sempre desconcertava a secura de dona Poli. Mas certa vez respondeu com a boca. Foi durante uma lição de costura.

— Então, tia Poli, quer dizer que a senhora acha que não basta que os dias sejam felizes?

— Isso mesmo. Não basta.

— Devem ser também proveitosos, não é?

— É claro.

— E o que significa pro-vei-to-so?

— É o que traz proveito ou uma vantagem qualquer. Que menina extraordinária você é, Poliana!

— Então ficar contente não é pro-vei-to-so?

— Não. Não é.

— Ah, minha nossa! Nesse caso, se a senhora pensa assim, não vai gostar dele! Tenho medo de que a senhora nunca possa jogar, tia Poli. Aquele jogo...

— Jogo? Que jogo?

— Sim, aquele jogo que pa... — Poliana levou a mão à boca. — Nada, nada — balbuciou em seguida.

Dona Poli franziu a testa.

— Basta por hoje, Poliana — disse ela secamente. — Pode ir.

Foi nessa mesma tarde que a menina, ao descer do sótão, encontrou a tia no caminho, subindo a escada.

— Ah, tia Poli, que gentileza a sua! Estava indo me ver, não é? Suba. Eu gosto de visitas. — E correu para escancarar a porta do seu quartinho.

Dona Poli não tivera intenção de subir para visitar a sobrinha; fora apenas procurar um xale de lã guardado num baú de cedro do sótão. Mas, sem saber como, acabou metida no quarto de Poliana e sentada na cadeira dura que lá havia. Desde que a menina entrara em sua casa, a grande dama via-se constantemente metida em situações esquisitas.

— Eu gosto muito de companhia — disse Poliana em tom de quem estivesse num palácio recebendo uma visita —, especialmente desde que tenho este quartinho só meu, a senhora sabe. Ah, eu sempre tive quarto, mas era quarto alugado, e os quartos alugados não são nem metade tão bonitos como os que a gente possui, não é assim? Este eu possuo, é meu, não é?

— É — murmurou dona Poli, surpresa consigo mesma de estar ouvindo aquela conversa em vez de ter se levando e ido atrás do xale.

— E agora — continuou a menina — até gosto deste quarto, embora não tenha os tapetes e as cortinas que eu desejava... — E aí cortou a frase de brusco.

— Quê? Que está dizendo, Poliana?

— Nada, tia Poli. Não era bem isso que eu queria falar.

— Percebi que não — replicou dona Poli com frieza —, mas disse, e agora deve completar o seu pensamento.

— Não vale a pena. Uma ideia minha a respeito de uns tapetes e cortinas que imagino. Uns planos.

— Planos? — repetiu dona Poli naquele seu tom de voz cortante.

A menina corou, envergonhada.

— Eu não mereço ter nada, tia Poli — desculpou-se ela. — Mas sempre sonhei com essas coisas. Lá em casa tínhamos dois pequenos tapetes achados na caixa de doações, mas muito pequenos, a senhora sabe, um sujo de tinta e outro todo furado; e nunca tivemos nada além de dois quadros na parede, um que pa... quero dizer, um bom, que vendemos, e outro ruim, que logo se quebrou em mil pedaços. Mas se não fosse isso eu não ficaria com a ideia de tapetes e quadros, a senhora sabe, e não andaria planejando ter um quadro aqui, outro ali e um tapete ao pé da cama. Mas só por instantes, tia Poli, por uns minutos, porque logo jogo o jogo e fico muito contente de que não haja aqui espelho, por exemplo; desse modo não preciso ver as sardas e, sem quadros nas paredes, posso apreciar a beleza que é a minha janela aberta para os campos e árvores. A senhora foi tão boa para mim me dando esse quadro...

Dona Poli ergueu-se da cadeira bruscamente. Estava com o rosto vermelhíssimo.

— Já chega, Poliana — disse ela, cheia de formalidade. — Você já falou bastante, eu acredito. — E sem mais palavras saiu e desceu a escada sem ter procurado o xale.

Nesse mesmo dia, dona Poli chamou Nancy e ordenou secamente:

— Nancy, mude a bagagem de dona Poliana para baixo, para aquele quarto perto do meu. Resolvi que minha sobrinha passe a morar nele.

— Sim, senhora — murmurou Nancy com uma voz indiferente, enquanto estava feliz da vida internamente.

Subiu logo correndo a escada do sótão.

— Novidade, dona Poliana. Novidade das boas. A senhora vai daqui por diante ocupar um lindo quarto lá embaixo. Ouviu bem?

A menina ficou lívida de emoção.

— Está brincando, Nancy! Não pode ser...!

— Desconfio que não estou, dona Poliana — disse ela, dando começo ao esvaziamento do guarda-roupa. — Dona Poli me deu ordens de levar tudo para baixo, e quero fazer isso depressa, antes que mude de ideia.

Poliana nem esperou o fim da frase; já havia se atirado pela escada abaixo, com o perigo de descer depressa demais e chegar ao patamar de cabeça rachada. Correu para onde estava dona Poli e foi batendo as portas pelo caminho e derrubando uma cadeira que a atrapalhara na chegada do cômodo.

— Ah, tia Poli, tia Poli! É verdade, então? Esse quarto de baixo tem tudo, tudo, cortinas, três lindos quadros e tem ainda aquele meu, da janela de cima, que é o mesmo! Ah, tia Poli!

— Ora, ora, Poliana. Fico satisfeita de que aprecie a mudança; mas se gosta tanto dessas coisas, espero que as trate bem. Vá erguer a cadeira que derrubou e lembre-se de que bateu duas portas em menos de meio minuto.

Dona Poli falou com severidade acima do normal, e isso porque estava sentindo uma invencível necessidade de chorar, e ela não devia chorar nunca...

A menina ergueu a cadeira.

— Sim, tia Poli; reconheço que bati duas portas. Assim que soube da mudança de quarto, vim para cá sem ver nada na minha frente. A senhora nunca bateu portas, tia Poli?

— Creio que não e espero jamais fazer isso, Poliana — respondeu a grande senhora empertigadamente.

— Que tristeza! — exclamou a menina com cara de piedade.

— Tristeza, por quê?

— Tristeza, sim. A senhora sabe, se a senhora tivesse ficado alguma vez louca de alegria, teria batido mil portas; se não bateu nenhuma é porque nunca ficou realmente alegre. Quem sente uma grande alegria não pode deixar de bater todas as portas. Por isso fico triste de saber que a senhora nunca bateu portas!

— Poliana! — exclamou dona Poli, mas a menina já ia longe e a resposta foi mais uma batida de porta, lá em cima.

Poliana correra para ajudar Nancy na descida de "suas coisas".

Lá no fundo, dona Poli sentia-se vagamente perturbada; mas já tinha, sim, ah, se tinha, ficado contente com algumas coisas na vida.

APRESENTANDO JIMMY

O mês de agosto veio e trouxe várias surpresas e mudanças. Exceto para Nancy, que, desde a chegada de Poliana, não se surpreendia com mais nada.

A primeira novidade foi o gatinho.

Poliana havia encontrado na rua um pobre gatinho que miava desesperado. Perguntou pelas vizinhanças se alguém era o dono e acabou levando-o para casa, onde explicou a dona Poli:

— E fiquei muito contente de não encontrar o dono, porque estava louca para trazê-lo para casa. Gosto de gatos e tinha a certeza de que a senhora deixaria que ele vivesse aqui.

Dona Poli olhou para aquele pobre tiquinho de vida que a menina tinha nos braços e fez uma careta de nojo. Não gostava de gatos, nem mesmo dos lindos, de perfeita saúde e limpinhos.

— Xi! Que porcaria, Poliana! E ainda por cima doente. Está com sarna.

— Sei que está doentinho — disse a menina em tom carinhoso, olhando-o nos olhos amedrontados. — E está também trêmulo de susto, porque não sabe que vamos ficar com ele e tratá-lo muito bem.

— Não, ninguém fará isso — declarou dona Poli com ênfase.

— Sim, sim — replicou Poliana, não compreendendo as palavras da tia. — Eu cuido. E já disse a todo mundo que ficaria com ele até que o dono aparecesse. E tinha a certeza de que a senhora iria ficar contente de ter aqui o pobrezinho.

Dona Poli abriu a boca e tentou insistir na negativa, mas não conseguiu. O estranho sentimento de incapacidade de resistir, que começara a conhecer desde a entrada de Poliana em sua vida, empolgou-a novamente.

— Eu sabia, sim — continuou a menina com a fisionomia radiante. — Sabia que seria impossível que a senhora consentisse em deixar a pobre criaturinha pelo mundo, miando com desespero em busca de uma casa, a senhora, tão boa que me recebeu aqui. Foi como respondi a dona Ford, quando perguntou se "dona Harrington" me deixaria conservar o gato. Porque eu ainda fui feliz, tive o socorro das damas da Sociedade Beneficente, e ele não tem ninguém no mundo. Eu sabia que a senhora ia consentir — concluiu, correndo para fora da sala.

— Mas Poliana, Poliana, eu não... — murmurou ainda dona Poli, enquanto a menina, já na copa, gritava para Nancy:

— Nancy, Nancy, veja este lindo coitadinho que tia Poli vai criar aqui comigo!

Dona Poli, que detestava gatos, ouviu-a e deixou-se cair numa cadeira, com um suspiro de desânimo, já sem forças para resistir.

No dia seguinte, foi um cachorro, ainda mais sarnento e mais magro que o gatinho e também encontrado na estrada, e dona Poli, com grande espanto de si própria, viu-se transformada em seu anjo protetor, papel que Poliana lhe atribuiu à força, embora ela igualmente detestasse cães. Tentou resistir, mas não conseguiu.

Aquelas fraquezas da tia animaram a menina a vir, uma semana depois, com outra novidade — um menino maltrapilho que ela queria a todo o custo meter na casa. Mas dessa vez dona Poli resistiu. O caso foi assim: Poliana havia levado geleia a dona Snow, que já estava muito sua amiga. Essa amizade começara na terceira visita de Poliana, logo depois de haver ensinado o jogo à doente. Dona Snow estava praticando e jogava muito mal ainda, porque tinha passado tantos anos sempre aborrecida que não era fácil agora cultivar o contentamento. Apesar disso, graças à insistência da menina, que corrigia com risadas gostosas os enganos cometidos, dona Snow ia fazendo reais progressos. Naquele dia, por exemplo, com grande satisfação de Poliana, a inválida dissera que estava contente de ter vindo geleia por ser justamente o que esperava, e não era verdade, pois antes de a menina entrar no quarto já soubera que a mulher do ministro também havia mandado uma geleia tão boa quanto.

Poliana pensava nisso quando, através da janela, viu o menino maltrapilho, sentado à beira da estrada, riscando o chão com um pauzinho.

— Oi! — gritou.

O menino olhou de um lado para o outro, para ver se era com ele que estavam falando, e voltou a riscar o chão.

— Ei, você mesmo! — insistiu a menina, fazendo-o perceber de onde partia o chamado. Poliana foi até ele.

— Você tem cara de que não ficaria contente nem se ganhasse um copo de geleia! — disse ao chegar.

O rapazinho se remexeu, olhando-a de soslaio, e continuou a riscar o chão. Poliana hesitou por uns instantes; depois sentou-se ao seu lado, na grama. Apesar das suas valentias, ela às vezes suspirava por um companheiro da mesma idade. Daí o plano de conquistar aquele.

— Meu nome é Poliana Whittier. E o seu?

O menino remexeu-se de novo, atrapalhado, e fez menção de se levantar, mas ficou no mesmo lugar.

— Jimmy Bean — grunhiu, afinal, com indiferença.

— Ótimo! Estamos apresentados, e fiquei contente por você ter me dito o seu nome. Tem gente que não é assim. Ouvem o nosso nome e não falam o seu. Eu moro na casa de dona Poli Harrington. E você?

— Em lugar nenhum.

— Em lugar nenhum? Como assim? Todo mundo mora em algum lugar.

— Pois eu não moro. Ando justamente procurando um novo lugar para viver.

— E onde é esse novo lugar?

O rapazinho olhou-a com ar de deboche.

— Boba! Se eu estou procurando um lugar, como é que vou saber onde é?!

Poliana ficou bem desapontada. Aquele menino não tinha nada de amável, pois a chamara de boba. Apesar disso, continuou:

— Mas onde vivia, antes?

— Você parece que nunca levou uma bronca por perguntar demais! — replicou o menino com impaciência.

— Eu tenho de perguntar — disse Poliana calmamente. — Do contrário não posso saber o que quero. Se você falasse mais, eu não precisaria perguntar tanto.

O menino deu uma risada. Uma risada forçada, mas que, mesmo assim, tornou a sua carinha mais aceitável do que antes.

— Pois muito bem, aqui vai. Sou Jimmy Bean e tenho dez anos. Vim, no ano passado, viver no orfanato, mas a casa estava tão cheia que cansei de esperar minha vez e desisti. Vou viver em qualquer lugar, não sei onde. Estou procurando. Gostaria de morar numa casa de família, uma casa com mãe, e não com professoras. Quem tem casa tem parentes; mas eu deixei de ter parentes desde que meu pai morreu. Estou procurando. Já tentei quatro casas; nenhuma me quis, embora eu prometesse trabalhar. Aí está. É o que você queria? — concluiu o menino já em tom mais simpático.

— Que malvadeza! — exclamou Poliana, com dó. — Então nenhuma família quis aceitar você? Eu imagino muito bem o que você está passando, porque, quando papai morreu, também fiquei só no mundo e apenas tive as damas, que me recolheram até que tia Poli me aceitasse. Espere...

Poliana deteve-se de repente, como empolgada por uma ideia súbita, uma ideia maravilhosa.

— Escute! Sei de um bom lugar para você — continuou ela entusiasmada. — Tia Poli o receberá, estou certa. Afinal, ela me recebeu, não recebeu? Não recebeu Fluffy e Buffy, quando os viu sarnentos pelo mundo, sem ninguém que os quisesse? E eles são gato e cachorro. Ah, venha comigo; sei que tia Poli o acolherá. Você não faz ideia de como minha tia é boa.

A carinha de Jimmy se iluminou.

— Sério? Acha que ela... Eu quero trabalhar, já disse, e sou forte — declarou, arregaçando as mangas para mostrar o muque magrinho.

— Está claro que sim. Tia Poli é a melhor criatura do mundo, agora que mamãe foi ser anjo no céu. E na casa dela há um monte de quartos — continuou a menina, erguendo-se na ponta dos pés e abrindo os braços para acentuar o que dizia. — É uma casa enorme, mas talvez você tenha de ficar no quartinho do sótão, como eu, no começo. Há agora telas de arame nas janelas, então já não é mais quente como antes, e as moscas que trazem germes nas patinhas não podem entrar. Sabia disso? Tia Poli tem um livro que conta tudo, e ela o dará para você ler, se você for bonzinho, digo, se não for bonzinho e deixar que as moscas entrem. E como você também tem sardas, vai gostar de que lá não haja espelho. E o que se vê na janela faz valer a pena não ter quadro nenhum — concluiu Poliana, parando para tomar fôlego.

— Está bem — murmurou Jimmy, sem compreender metade do que ela dizia. E acrescentou: — Nunca vi ninguém falar tanta coisa junta!

Poliana riu.

— Pois, então, fique contente — respondeu. — Porque, enquanto estou falando, você não precisa abrir a boca.

Ao chegarem a casa, Poliana levou resolutamente o seu companheiro à presença da assombrada dona Poli.

— Tia Poli — disse ela com ar triunfante —, olhe só!... Arranjei mais um, e coisa melhor que Fluffy e Buffy juntos. Um menino de verdade. Ele não faz caso de ficar no sótão, no começo, e diz que quer trabalhar, mas eu precisarei dele quase todo o tempo para brincar comigo, já vou dizendo.

Dona Poli empalideceu e depois ficou toda vermelha. Pensou não ter compreendido, mas logo viu que compreendera até demais.

— Que significa isso, Poliana? Quem é este menino tão sujo? Onde o encontrou? — Sua voz vibrava áspera.

O "menino tão sujo" recuou um passo e olhou para a porta, enquanto Poliana sorria feliz da vida.

— Verdade, esqueci de dizer o nome dele. Já estou igualzinha ao Homem. E está sujinho, né? Que nem Fluffy e Buffy, quando a senhora os aceitou. Mas ficará ótimo logo que se lavar, como aconteceu com os outros dois. Ah, já ia me esquecendo de novo, é Jimmy o nome dele, tia Poli, Jimmy Bean.

— Perfeitamente, e veio fazer o que aqui?

— Como? Já disse isso, tia Poli — respondeu Poliana, estranhando a pergunta. — Eu o trouxe para a senhora, para viver aqui. Jimmy queria ter um lar, uns parentes, e então lhe contei como a senhora havia sido boa comigo, com Fluffy e com Buffy. Está claro que a senhora vai recebê-lo, já que um menino vale muito mais que um gato e um cão.

Dona Poli caiu numa cadeira e levou a mão à garganta, como se estivesse engasgada. A incapacidade de resistir já a ia empolgando; mas reagiu e ficou toda tensa.

— Aí já é demais, Poliana. É a coisa mais absurda que você já fez. Como se gatos e cães sarnentos não bastassem, ainda me vem cá com pequenos mendigos da rua...

Os olhos se arderam de raiva e seu queixinho levantou-se. Aquela expressão o deixara nervoso. Deu dois passos à frente e encarou sem medo a grande dama.

— Pode parar! Não sou mendigo nem desejo nada da senhora. Sempre quis trabalhar em troca de casa e comida, e não teria vindo aqui se não fosse esta menina dizendo que a senhora era muito caridosa e boa e estava morrendo de vontade de me ter na sua família. Mendigo, nunca! — E fez movimento para retirar-se com uma dignidade que seria absurda, se não fosse de dar dó.

— Ah, tia Poli! — implorou a menina. — Pensei que a senhora fosse ficar contente de trazê-lo para cá. Eu seria capaz de jurar que a senhora ficaria contente...

Dona Poli ergueu a mão num gesto autoritário de silêncio. Seus nervos não podiam mais suportar aquilo. O "caridosa e boa" do menino soava em seus ouvidos, e a incapacidade de resistir vinha vindo de novo. Entretanto fez um esforço supremo e disse com energia:

— Pare com isso, Poliana, com essa eterna história de estar contente, contente, contente e querer que todo mundo faça o mesmo. Só ouço nesta casa essa palavra "contente", o dia inteiro, a semana inteira. Chega.

O queixo de Poliana caiu de espanto e decepção.

— Ah, tia Poli — disse ela —, sempre pensei que a senhora ficasse contente de me ver conten... — e interrompeu-se, tapando a boca e fugindo da sala, atrás do menino que já ia longe.

— Jimmy, Jimmy! — exclamou ofegante ao alcançá-lo. — Espere! Escute! Estou tão triste com o que aconteceu...

— Triste, não! Não estou zangado com você — respondeu o menino com voz sentida. — Mas mendigo não sou, isso não sou.

— Está claro que não é. Mas não fique zangado com minha tia — implorou Poliana. — Com certeza a culpa foi minha, que não fiz a apresentação direito. Tia Poli é boa e caridosa, sempre foi; eu é que não expliquei bem o caso.

O menino deu de ombros, como se não desse muita importância ao acontecido.

— Não se incomode. Ainda vou achar quem me queira. Não sou mendigo, não, você sabe.

Poliana estava de testa franzida, pensando. De repente, seus olhos se iluminaram.

— Escute! Já sei o que se há de fazer. As damas da Sociedade Beneficente daqui vão se reunir hoje à tarde. Ouvi tia Poli dizer isso. Pois bem: vou explicar tudo para elas. Era assim que papai fazia quando desejava qualquer coisa, como educar os meninos pagãos ou arranjar um tapete novo para a igreja.

O rapazinho olhou-a desacreditado.

— Não sou pagão nem tapete. E essas tais damas, quem são?

— Não sabe, Jimmy? — exclamou Poliana admirada. — Não sabe realmente o que é uma Sociedade Beneficente?

— Não sei, e se não quer contar não conte. Não me importo — continuou a andar, dando de ombros.

Poliana apressou o passo e pôs-se ao seu lado.

— É... é um bando de mulheres que se reúnem para costurar, e dar jantares, e pedir dinheiro, e... falar. Isso é que é uma Sociedade Beneficente. São danadas de boas, pelo menos as minhas, lá onde morei. As daqui não conheço, mas devem ser boas também, acho. Vou falar sobre você hoje mesmo.

O rapazinho se virou com um ar feroz.

— Não precisa. Com certeza pensa que vou ficar parado diante delas, ouvindo me chamarem de mendigo e outras coisas. Muito obrigado.

— Não, Jimmy, não vai ser assim — insistiu Poliana aflita. — Vou explicar o caso muito bem.

— Você?

— Sim, eu. Vou saber falar como é preciso — continuou a menina, já alegre de ver que ele ia cedendo. — Pelo menos uma das damas deve recebê-lo em sua casa.

— Quero trabalhar, não se esqueça de dizer isso — preveniu o garoto.

— Não vou esquecer — prometeu a menina, já certa de que ia conseguir. — Amanhã contarei o resultado.

— Onde?

— Lá mesmo, na estrada, onde nos encontramos.

— Muito bem. Aparecerei por lá. Acho que agora o melhor é voltar para o orfanato; não tenho outro lugar onde dormir. Fugi hoje de manhã. Não avisei a ninguém que voltaria, mas eles nem se importam e até iam gostar de que eu não voltasse. Não querem o bem dos meninos. Não são parentes.

— Eu sei — concordou Poliana. — É assim mesmo. Mas quando nos encontrarmos amanhã estará tudo arrumado, e você com uma boa casa onde morar e com parentes. Adeus. Não falte.

De uma das janelas da casa, dona Poli estivera acompanhando a cena e, quando os dois se separaram, seguiu com os olhos o abandonadinho até perdê-lo de vista. Nesse momento, suspirou e recolheu-se pensativa. Em seus ouvidos ressoava ainda o "caridosa e boa" do menino, e ela sentiu no coração um peso, uma tristeza como de quem acaba de perder alguma coisa de muito valor.

12
NA SOCIEDADE BENEFICENTE

O almoço na casa dos Harrington foi uma refeição silenciosa, no dia da reunião das damas da Sociedade Beneficente. Poliana bem que tentou conversar; mas não conseguiu dizer nada por não saber falar sem usar a palavra "contente", e dona Poli já a advertira contra essa mania.

Nas tentativas que fez, apesar de todo o cuidado, deixou escapar vários "contentes", o que fez a tia menear a cabeça, num gesto de cansaço e desânimo.

— Fale como quiser, Poliana — disse, suspirando. — Antes usar com liberdade quantos "contentes" quiser do que ficar aí feito gaga. — A imprevista licença iluminou o rosto da menina.

— Obrigada, tia Poli. É muito difícil falar sem ele. Faço esse jogo há tanto tempo que já me acostumei.

— Quê? Esse jogo? — perguntou dona Poli.

— Sim, o jogo que meu pa... — e Poliana de novo interrompeu-se diante de mais aquela palavra proibida.

Dona Poli franziu a testa, mas não disse nada, e o resto da refeição correu em silêncio.

Poliana estava contente de pouco antes ter ouvido a tia dizer à esposa do ministro, pelo telefone, que não compareceria à reunião da Sociedade Beneficente por estar com enxaqueca. E quando dona Poli subiu ao seu quarto e se fechou lá dentro, Poliana ficou indecisa entre entristecer-se com a enxaqueca da tia ou alegrar-se com o fato de que ela não iria à reunião das damas. Como tinha chamado Jimmy de pequeno mendigo, seria ótimo que não fosse repetir essa palavra tão horrível na frente das outras mulheres.

A reunião ia acontecer às duas horas, na igreja do bairro, pertinho dali. A menina se planejou para chegar à igreja antes das três.

— Quero entrar quando todas estiverem reunidas — murmurou para si mesma —, senão, pode acontecer que justamente a que não esteja presente seja a única disposta a aceitar Jimmy, além disso, duas horas sempre quer dizer três, lá na Sociedade Beneficente.

Calma e confiante, Poliana subiu os degraus da igreja e entrou no vestíbulo da sala de reunião. Ouviu um murmúrio confuso de vozes e viu que chegara a tempo. A menina hesitou uns instantes; depois abriu a porta e entrou.

A surpresa de uma presença tão inesperada fez morrer o burburinho da conversa. Poliana adiantou-se, tímida. Agora que chegara o grande momento, sentia-se acanhada, porque, afinal de contas, aquelas damas da Sociedade Beneficente não eram as damas que conhecia.

— Como estão as senhoras? — saudou ela com polidez. E diante das caras indagativas que viu voltadas para si, explicou: — Poliana Whittier. Acho que algumas das senhoras me conhecem. Eu, pelo menos, conheço várias.

Fez-se um profundo silêncio. Realmente algumas das damas conheciam aquela já famosa sobrinha de dona Harrington, e todas já tinham ouvido falar dela; entretanto nenhuma abriu a boca.

— Eu... eu vim expor um caso diante das senhoras — gaguejou a menina, empregando inconscientemente as palavras que seu pai usava em ocasiões semelhantes, e ao vê-la começar assim as damas se remexeram e olharam umas para as outras.

— Foi sua tia quem a mandou cá? — indagou dona Ford, a mulher do ministro.

Poliana corou de leve.

— Ah, não. Vim por mim mesma. Estou acostumada a lidar com damas da Sociedade Beneficente. Foram as damas da minha terra que me educaram.

Alguém começou a rir; a mulher do ministro fez psiu e disse:

— Sim, minha cara. Exponha o seu caso.

— Meu caso é Jimmy Bean — suspirou Poliana. — Está atualmente no orfanato e não gosta daquela casa. Quer uma casa como as outras, com uma mamãe em vez de... de professores, e quer ter parentes. Jimmy está com dez anos completos. Eu imaginei que alguma das senhoras bem que podia tomar conta dele e ser mãe dele, essas coisas.

— Ora, muito bem — exclamou uma voz, quebrando o silêncio que sobreveio ao discurso da menina.

Poliana correu os olhos ansiosos pela plateia e, de súbito, exclamou:

— Esqueci de dizer que ele trabalha, Jimmy faz questão de trabalhar.

Novo silêncio; nenhuma das damas se manifestava. Depois começaram a questionar a menina e depois de ouvirem toda a história de Jimmy, ficaram falando todas ao mesmo tempo como um bando de papagaios.

A ansiedade da menina crescia. Não entendia várias coisas do que as damas diziam. Por fim percebeu que nenhuma abrigaria o órfão, embora todas achassem que as outras devessem recebê-lo, já que muitas ali não tinham filhos. Ninguém o queria, e a mulher do ministro propôs, afinal, que a Sociedade se encarregasse da sua educação, descontando da remessa anual de dinheiro que fazia para socorrer meninos na Índia.

Várias damas falaram sobre o assunto, às vezes duas ou três ao mesmo tempo, e agora estavam falando mais alto e mais desagradavelmente do que no começo.

A maioria considerava uma grande infelicidade para a Sociedade se diminuíssem a quota de dinheiro anualmente mandado para a Índia, e Poliana não entendeu nada do que aconteceu depois. Pareceu que as damas não se importavam com a aplicação do dinheiro, e sim com que a Sociedade ficasse em primeiro lugar num certo relatório, entre outras que também mandavam dinheiro para missões na Índia. Era tudo muito confuso, tão confuso que a menina ficou realmente satisfeita quando saiu de lá, embora muito aborrecida com a solução dada.

"Não há dúvida que é muito bom", ia refletindo, "mandar dinheiro para a salvação das almas dos pagãos. Mas as damas parecem agir como se os meninos como Jimmy não existissem ou não merecessem nada. Eu, por outro lado, acho que seria melhor salvar um menino como Jimmy do que fazer bonito nos relatórios. *Eu acho...*"

13

EM PENDLETON HILL

Depois de deixar a igreja, em vez de seguir para casa, Poliana tomou a direção de Pendleton Hill. Tinha tido um dia penoso e, como era "feriado" (assim chamava ela os dias sem lição de costura ou cozinha), achou que um passeio pela floresta faria bem. Com esse objetivo, subiu a colina de Pendleton, apesar do sol que fazia.

"Posso ficar fora de casa até as cinco e meia", ia ela pensando, "e é mais agradável andar pelo meio da floresta, embora tenha de subir o morro".

Sempre achara muito linda aquela mata, e naquele dia ainda mais, muito embora estivesse desapontada e tivesse que contar tudo a Jimmy Bean no dia seguinte.

— Que pena não estarem todas aqui, todas aquelas damas que falavam tão alto! — murmurou a menina para si mesma, num suspiro. — Tenho certeza de que mudariam de ideia e adotariam Jimmy como filho.

Poliana tinha certeza disso, mas não saberia explicar por quê. De repente, parou atenta. Um cachorro havia latido a pouca distância. Momentos depois, surgiu à sua frente.

— Oi, cachorrinho! Olá! — exclamou a menina, chamando-o.

Era já seu conhecido, pois o vira seguindo o Homem, ou seu John Pendleton. E se o cachorro estava ali, significava que o dono andava por perto. Poliana ficou à espera de ver seu John aparecer a qualquer momento. Não apareceu, e ela ficou observando o cachorro.

Notou logo que estava agindo de modo estranho. Estava latindo como se desse alarme de alguma coisa, avançando e recuando, aflito; em certo ponto, uma trilha cortava o caminho, pela qual se meteu o cachorrinho.

— Ah! Esse não é o caminho para a casa de seu Pendleton — disse a menina, chamando-o.

Ele, porém, não veio e ficou mais aflito ainda, avançando e recuando, ao mesmo tempo que soltava uivos de desespero. Cada olhar dos seus olhinhos pardos ou cada movimento de cauda era um apelo eloquente, e tão eloquente que foi por fim compreendido. A menina começou a segui-lo.

Logo adiante, o desespero do cachorrinho cresceu, e Poliana afinal descobriu a causa: um homem jazia deitado ao pé duma ribanceira pedregosa. Com um grito de surpresa, a menina correu para lá.

— Seu Pendleton! Está ferido?

— Ferido? Não. Apenas estava tirando uma soneca aqui ao ar livre — respondeu o homem com voz irritada. — Você acha que sabe de tudo, né, menina? Mas que coisa. O que há dentro dessa sua cabeça?

Poliana respirou fundo e, conforme o seu costume, respondeu às perguntas literalmente, uma por uma.

— Seu Pendleton, saber, não sei muita coisa e também fazer, não posso fazer muita coisa; mas as damas lá da Sociedade Beneficente (menos dona Rawson) achavam que eu tinha muito bom senso. Ouvi-as dizerem isso uma vez em que não sabiam que eu estava perto, ouvindo.

O homem sorriu numa careta.

— Certo, certo. Desculpe meus modos — disse ele em outro tom de voz, já mais humano. — Uma das minhas pernas está doendo, é isso. Agora, escute.

Fez uma pausa e com alguma dificuldade levou a mão ao bolso da calça, de onde tirou uma penca de chaves; separou uma delas e disse:

— A cinco minutos daqui, pelo caminho, está minha casa. Esta chave é da porta ao lado da *porte-cochère*. Sabe o que é *porte-cochère*?

— Sei, sim. Tia Poli tem uma *porte-cochère* com um solário por cima. Foi no teto desse solário que eu dormi, quer dizer, que eu quis dormir, porque eles apareceram e tive de descer.

— Quê? — exclamou o homem sem entender nada. E voltando ao seu caso: — Pois bem. Você abra a porta, atravesse o vestíbulo e, no fundo do corredor, entre numa sala grande. Lá, em cima do balcão, encontrará o telefone. Sabe como usar o telefone?

— Ah, sei, sim. Uma vez a tia Poli...

— Pare com a tia Poli — interrompeu-a o homem, fazendo um esforço para mudar de posição. — Pegue o telefone e procure falar com o doutor Thomaz Chilton; o número está numa lista lá por cima, procure-a, se não estiver no gancho, está por perto. Sabe o que é lista?

— Sei, como não? Eu gosto de correr os olhos na lista telefônica de tia Poli. Há tantos nomes esquisitos... Eu, um dia...

— Diga ao doutor Chilton que John Pendleton está no sopé da barranca da Águia, na floresta de Pendleton, com a perna quebrada. Peça a ele que venha imediatamente e traga auxiliares. Que venha pela trilha que parte da casa.

— Perna quebrada? Ah, seu Pendleton, que coisa terrível — murmurou Poliana, arrepiando-se como quem vê sangue. — Será que posso ajudar com...

— Sim, pode, pode consertar-me a perna, e para isso basta que pare de falar e vá fazer o que pedi — murmurou o homem com a voz fraca, e Poliana, depois de um suspiro, partiu correndo, de olhos no chão para evitar buracos ou galhos secos e também para não se distrair com a beleza da copa das árvores.

Cinco minutos depois, alcançava a casa, que já conhecia de vista, por fora. Ficou impressionada com o maciço das colunas da varanda e a entrada imponente. No entanto, não passou mais que um momento contemplando e correu para abrir a porta indicada. Não foi fácil dar volta à chave e mover a pesada porta de carvalho entalhado.

Ao entrar no vestíbulo, Poliana susteve a respiração. A despeito da pressa, parou ali, meio confusa, enquanto olhava o melancólico corredor palaciano. Fervia um remoinho de pensamentos loucos em sua cabeça. Era ali a casa de John Pendleton, a casa do mistério, a casa que não recebia ninguém, a casa que tinha um esqueleto escondido num armário. E Poliana estava lá dentro, sozinha, com uma missão séria a cumprir! Mas se controlou e, com um gritinho, sem olhar os lados, atravessou o corredor e alcançou a última porta. Abriu-a. Deu numa sala ampla, escura, revestida de madeira negra, mesmo estilo do corredor. Um raio de luz, vindo de uma janela entreaberta, permitiu que visse a escrivaninha com o telefone de metal em cima.

A lista telefônica não estava no gancho, e sim no chão. Poliana a pegou e correu a letra C até encontrar o nome do doutor Chilton. Ligou e teve a sorte de ser atendida. Deu o recado com voz trêmula de emoção e respondeu direitinho a todas as perguntas. Em seguida pôs o fone no gancho e respirou aliviada.

Correu os olhos pela sala e teve uma visão confusa dos reposteiros carmesins, das paredes cobertas de livros, da escrivaninha em desordem, das várias portas fechadas (uma das quais devia dar para o esqueleto). Por toda a parte havia pó, pó, pó e lixo. Viu tudo num relance e saiu.

O homem da perna quebrada admirou-se da sua rapidez quando a viu voltar.

— Então, que houve? Não conseguiu abrir a porta?

Poliana arregalou os olhos.

— Como não conseguiria? Fiz tudo direitinho. Falei com o doutor, que chegará aqui o mais rápido possível, com os auxiliares e o que mais for preciso. Expliquei tudo bem explicado, e ele disse que conhecia este lugar e que não era preciso que eu o esperasse lá na casa para acompanhá-lo. E eu vim correndo para lhe fazer companhia.

— É mesmo? — sorriu o homem com amargura. — Pois olhe, que gosto mais estranho o seu, menina. Sou uma companhia nada agradável.

— Será que é porque o senhor é assim tão... rabugento?

— Obrigado pela franqueza. E isso mesmo.

Poliana riu com doçura.

— O senhor é rabugento só por fora. Por dentro, nem um pouco.

— Ah, é? Como sabe disso? — perguntou o homem enquanto procurava mudar a posição da cabeça.

— De mil maneiras; sei, por exemplo, pelo modo como trata o seu cachorro. — Apontou para a mão ossuda que apoiava na cabeça do cachorro. — É interessante como os cães e os gatos conhecem os donos melhor que todo mundo, não? Olhe, eu vou segurar a sua cabeça — disse Poliana, mudando de assunto.

O homem piscou várias vezes e gemeu enquanto mudava a posição da cabeça; mas no fim suspirou de alívio ao tê-la no colo da menina, em vez de no chão duro.

— Agora está melhor — foi o que escapou dos seus lábios, e calou-se por algum tempo.

A menina observava a sua face sem saber direito se ele estava dormindo ou não; por fim notou que tinha os lábios muito apertados, impedindo que saíssem gemidos de dor. A própria Poliana quase chorou alto de ver um corpo tão grande e forte assim na terra, largado e imóvel.

E o tempo ia passando. O sol descambava, e a sombra naquele trecho da floresta ficava cada vez maior. Poliana ficara tão imóvel, para não incomodar o homem, que parecia uma estátua. Um passarinho chegou a se aproximar ao alcance da sua mão e um esquilo a relou com a cauda peluda, embora com os olhinhos vivos postos no cachorro.

De repente, o cão levantou as orelhas e rosnou, em seguida deu vários latidos curtos. Logo depois a menina ouviu vozes. Um grupo de homens surgia. O mais alto de todos, de barba feita e olhar amável, que Poliana já conhecia de vista como o doutor Chilton, adiantou-se e sorriu.

— Então, menina? Brincando de enfermeira?

— Ah, imagine — respondeu Poliana, sorrindo. — Estou apenas descansando a cabeça dele no meu colo. Remédio de beber não dei nenhum. Mas estou muito contente de estar aqui.

— Digo o mesmo — concordou o médico, dando começo ao exame do caso.

14
A GELEIA

Poliana chegou um pouco tarde para o jantar, na noite do acidente de John Pendleton. Mas nada lhe aconteceu. Nancy veio abrir a porta.

—Ah! Como estou contente de ver a senhora, dona Poliana! Já são seis e meia.

— Sei disso — admitiu a menina ansiosamente —, mas não tenho culpa nenhuma. E acho que nem tia Poli me achará culpada.

— E nem teria como ela culpar a senhora — observou Nancy com a cara a escorrer satisfação. — Dona Poli saiu.

— Saiu? Você está dizendo que fiz ela ir embora?

Embora a consciência de Poliana estivesse naquele momento atropelada pela recordação das cenas do rapazinho, do gato e do cachorro, metidos na casa contra a vontade de dona Poli, e dos "contentes" e "papais" que viviam a lhe escapar da boca, ela não se sentia culpada e foi com desespero que exclamou:

— Ah, mas eu não fiz nada disso para que ela se fosse embora!

Nancy abafou uma risada.

— O caso é outro, dona Poliana. Um primo de dona Poli morreu em Boston, e ela teve de ir vê-lo. Recebeu um telegrama logo que senhora saiu, e foi. Só volta daqui a três dias. Agora, sim, podemos ficar bem contentes. Vamos nós duas tomar conta da casa o tempo inteiro.

A menina mostrou-se chocada.

— Contentes? Mas Nancy! Contentes quando há um funeral na família?

— Não é pelo funeral que estou contente, dona Poliana. É porque... — e Nancy interrompeu-se de repente, com um brilho de malícia nos olhos, para em seguida acrescentar: — Ah, dona Poliana! Não foi a senhora mesma que me ensinou o "jogo do contente"?

— Foi — replicou a menina com uma ruga na testa. — Mas há certas coisas que não servem para o jogo. Um funeral, por exemplo. Não há nada num funeral que possa nos deixar contentes.

— Podemos ficar contentes de não ser o nosso funeral — contestou Nancy, mas a menina nem a ouvia, estava já contando a história do acidente de seu Pendleton.

A moça abriu a boca e arregalou os olhos, toda ouvidos, e assim ficou até o fim.

No dia seguinte, Poliana encontrou Jimmy no ponto marcado, conforme o combinado. O menino ficou desapontado de que as damas da Sociedade Beneficente preferissem socorrer pequenos da Índia a socorrê-lo. Por fim exclamou, suspirando:

— Mas é natural. As coisas que a gente não conhece são sempre mais bonitas do que as coisas que a gente conhece. Será que na Índia há alguém que me queira?

Poliana bateu palmas.

— É uma ideia! É isso mesmo, Jimmy! Vou escrever às damas da minha Sociedade Beneficente a propósito do seu caso. Elas não moram na Índia, mas moram no Oeste, muito longe daqui, o que dá na mesma.

Os olhos de Jimmy brilharam.

— Acha possível que elas queiram ficar comigo?

— Sem dúvida que sim! Não tomam meninos na Índia para criar? Nesse caso, podem fazer com você como se você fosse um indianinho. A distância entre aqui e o Oeste já dá para não estragar um relatório. Vou escrever, espere. Para dona White, não! Para dona Jones! Dona White tem mais dinheiro, mas dona Jones é a que dá mais, não é engraçado isso? Uma ou outra estou certa de que o receberá, Jimmy.

— Muito bem. Mas não se esqueça de dizer que eu trabalho; que pagarei a casa e a comida com o meu trabalho — insistiu o menino, sempre meticuloso nesse ponto. — Não sou nenhum mendigo, e negócio é negócio, mesmo com a Sociedade Beneficente, é o que eu penso. E nesse caso vou ficando no orfanato até que você receba a resposta.

— Isso mesmo — concordou Poliana com entusiasmo. — Vamos achar uma ótima solução. A distância a que você está delas vai facilitar muito. Eu, por exemplo, sou a indianinha de tia Poli.

— Você é, mas é a mais extraordinária menina que eu já vi — foi a conclusão de Jimmy, ao retirar-se.

Só uma semana depois do acidente da floresta de Pendleton é que dona Poli soube do acontecido. E foi assim:

— Tia Poli — havia dito a menina —, a senhora deixa que eu leve a geleia desta semana a uma outra pessoa? Estou certa de que dona Snow não quer geleia agora.

— Que história é essa, Poliana? — suspirou dona Poli. — É mesmo a mais extraordinária das meninas!

Poliana franziu a testa.

— Tia Poli, que quer dizer extraordinária? O contrário de ordinária, não?

— Isso mesmo.

— Ah, então está bem. Fico muito contente de ser extraordinária — exclamou a menina com um brilho de satisfação nos olhos. — Dona White costumava dizer que dona

Rawson era mulher muito ordinária. Uma não gostava da outra. Viviam brigando, e papai, quer dizer, nós tínhamos um trabalhão para manter a paz entre as duas — corrigiu-se Poliana, atrapalhada com duas coisas: não poder falar em seu pai por causa da implicância da tia e não dever falar das brigas lá entre as protetoras da igreja, como seu pai havia recomendado.

— Sim, sim; é isso mesmo — disse dona Poli um tanto impaciente. — Você não pode dizer duas palavras sem meter no meio as tais damas do Oeste.

— Isso eu reconheço — declarou Poliana, sorrindo —, mas não tenho como evitar porque foram elas que me criaram, quer dizer...

— Já chega. E essa história da geleia?

— Não é nada, tia Poli, nada de importância. Eu queria que a senhora me deixasse levar a geleia para uma outra pessoa esta semana. A senhora sabe, perna quebrada não dura muito tempo, e os inválidos, como dona Snow, vivem a vida inteira.

— Perna quebrada? Que história é essa, Poliana?

A menina arregalou os olhos; depois sorriu...

— Ah, eu tinha esquecido. Pensei que a senhora soubesse. Uma coisa que aconteceu justamente no dia da sua ida para Boston. Encontrei-o por acaso na floresta e tive de levar a chave, abrir a casa e telefonar para o médico, e depois fiquei com a sua cabeça no colo o tempo todo. O médico e os homens vieram e tomaram conta dele. Está na cama agora, e como Nancy fez geleia, eu achei que devia levar um pouco, só por esta vez. Posso, tia Poli?

— Pode, pode. Mas quem é ele?

— O homem.

— Que homem?

— Seu John Pendleton.

Dona Poli quase caiu da cadeira.

— *John Pendleton!*

— Sim, Nancy me contou o nome dele. Com certeza a senhora sabe quem é.

— Mas você o conhece, Poliana?

A menina fez que sim.

— Conheço, sim. Ele agora fala e até ri, mas só agora. Descobri que é rabugento só por fora, a senhora sabe. Vou levar a geleia. Está quase pronta — concluiu a menina já longe dali.

— Espere, Poliana! — gritou dona Poli, cuja voz soou severa. — Mudei de parecer. Prefiro que a geleia vá para dona Snow, como de costume.

Poliana entreparou, desapontada.

— Ah, tia Poli! Dona Snow estará sempre doente, e ele só por agora. Perna quebrada não dura muito tempo, e já faz uma semana que a quebrou.

— Sim, eu sei. Ouvi contar que seu John Pendleton havia sido vítima de um desastre — disse dona Poli um tanto orgulhosa. — Mas... mas não quero mandar geleia a John Pendleton, Poliana!

— Sei muito bem que ele é rabugento e azedo — admitiu a menina — e creio que é por isso que não gostam dele. Mas não direi que foi a senhora quem mandou. Direi que é lembrança minha. Ficarei contente de levar a geleia. Gosto de seu Pendleton.

Dona Poli tentou continuar resistindo, mas, no fim das contas, perguntou com voz curiosa:

— E ele conhece você, Poliana?

A menina deu um suspiro.

— Imagino que não. Já disse o meu nome, uma vez, mas seu John não ouviu, pois nunca me chama pelo nome, nunca.

— E sabe onde você mora?
— Não. Nunca contei.
— Nem sabe que é minha sobrinha?
— Acredito que não.

Houve uma pausa. Dona Poli olhava para a menina com olhos distantes, e Poliana aproveitou-se da distração da tia para escapulir. Dona Poli, entretanto, voltou a si a tempo.

— Muito bem, Poliana — disse ela num tom diferente do habitual —, pode levar a geleia para seu Pendleton, como coisa sua, veja lá. Eu não estou mandando nada. Cuidado! Não vá deixá-lo pensar que é coisa minha.

— Obrigada, tia Poli — exclamou a menina exultante e lá se foi correndo.

15
O DOUTOR CHILTON

Na segunda visita que Poliana fez à casa de seu Pendleton, tudo parecia diferente. As janelas estavam escancaradas e havia uma mulher de idade, com uma penca de chaves na cintura, estendendo roupas no quintal.

O cachorrinho, já seu conhecido, veio recebê-la com festa, e a menina ficou brincando com ele até que viessem abrir a porta.

— Eu trouxe para seu Pendleton um pouco de geleia — explicou ela amavelmente.

— Obrigada — disse a mulher, estendendo a mão para receber o presente. — Quem manda? É de mocotó?

O médico surgiu no corredor nesse momento, ouviu as palavras da mulher e, notando o desapontamento impresso no rosto da menina, acudiu depressa.

— Ah! Geleia de mocotó? Isso é ótimo. E não quer ver o seu doente, menina?

— Mas é claro que quero, doutor! — respondeu Poliana, radiante.

Embora surpreendida pela ordem, a mulher, a um sinal do médico, conduziu-a aos cômodos de seu Pendleton.

Atrás do doutor, uma jovem enfermeira, contratada na cidade próxima, não pôde impedir-se de perguntar:

— Mas, doutor, o seu Pendleton não deu ordens para não deixar ninguém entrar?

— Deu — respondeu o médico. — Mas agora sou eu quem está dando ordens. Assumirei a responsabilidade. A senhora não sabe, mas fique sabendo que essa menina vale mais que um vidro de remédio, dos grandes! Se há alguém que pode fazer seu Pendleton melhorar esta tarde, é ela, e por isso deixei-a entrar.

— Quem é essa criaturinha?

O doutor vacilou na resposta por uns instantes.

— Sobrinha duma das mais ricas senhoras do distrito. Chama-se Poliana Whittier. Eu... eu não tenho grande conhecimento dessa mocinha, mas alguns dos meus doentes o têm e gostam muito dela.

A enfermeira sorriu.

— Realmente! E qual é o remédio milagroso que ela usa? Qual o tônico?

— Não sei — respondeu o doutor. — Só sei que sabe ficar contente com tudo o que acontece ou vai acontecer. Sempre repetem palavra por palavra para mim as coisas que ela diz, e "contente" é sempre o bordão. E o caso é — continuou sorrindo com alegria — que eu bem queria receitá-la para os meus doentes, como se fosse uma caixinha de pílulas mágicas. Se houvesse no mundo muitas meninas assim, vocês, enfermeiras, teriam de mudar de profissão...

Poliana fora introduzida no quarto de seu Pendleton e, de passagem pela biblioteca, viu imediatamente as mudanças operadas. Nada da bagunça de antes nem de lixo no chão. A escrivaninha estava muito bem arrumadinha, e a lista telefônica no gancho. Uma das portas misteriosas estava aberta, e foi por ali que a empregada a levou. Dava para um quarto mobiliado com luxo. No centro, ficava a cama do enfermo.

— Senhor, veio uma menina aqui trazer geleia — disse a empregada. — O doutor mandou conduzi-la aqui.

Deu o recado e saiu, deixando-a só com o homem de cara emburrada, deitado de costas na cama.

— Eu não disse que... — ia começando ele com raiva antes de ver de quem se tratava; mas interrompeu-se ao reconhecê-la. — Ah, é você!

Poliana ficou animada e se aproximou da cama.

— Sim, sou eu — sorriu ela. — Estou tão contente que me deixaram entrar! No começo a mulher quis pegar a geleia para vir trazê-la e tive medo de que não me deixassem entrar. Então apareceu o doutor e deu a ordem. Não foi bondade dele permitir que eu chegasse até aqui?

Meio a contragosto, os lábios do homem contraíram-se num sorriso, enquanto de sua boca escapava um "Hum!".

— E eu trouxe esta geleia — prosseguiu a menina. — Geleia de mocotó. Espero que goste.

— Nunca provei isso — murmurou o homem já sem o sorriso.

Por breves instantes, o rosto de Poliana mostrou desapontamento, mas logo se recompôs, ao largar a geleia sobre a mesa de cabeceira.

— Nunca mesmo? Se nunca provou geleia, então não sabe se gosta, e eu fico muito contente que seja assim. Mas se o senhor já conhecesse geleia...

— Sim, sim — interrompeu o homem e acrescentou: — Só uma coisa sei muito bem, e é que estou aqui deitado de costas e que posso ficar assim até o dia do Juízo.

Poliana mostrou-se chocada.

— Ah, não! Não ficará aí até o dia do Juízo, em que São Gabriel aparecerá soprando a sua trombeta, a não ser que ele apareça antes do tempo. É verdade que a Bíblia diz que ele virá mais cedo do que se espera, e eu acredito na Bíblia, mas acho que não virá tão depressa a ponto de encontrá-lo ainda na cama.

John Pendleton desferiu uma risada repentina, e a enfermeira, que vinha entrando naquele momento, bateu em retirada, na ponta dos pés.

— Não está se sentindo um pouco atrapalhada? — perguntou Pendleton.

— Pode ser — respondeu a menina, sorrindo. — Mas o que quero dizer é que pernas não duram muito, quer dizer, pernas quebradas, enquanto outras doenças, como a de dona Snow, duram toda a vida. E por isso o senhor não ficará na cama até o dia do Juízo. Creio que é o caso de ficar contente por isso.

— Ah, estou contente, sim — disse o homem, sorrindo.

— E o senhor não quebrou as duas. Deve ficar contente também de ter quebrado uma só — continuou Poliana, muito animada no jogo.

— Sem dúvida. Muito contente — rosnou o homem, olhando para a perna enfaixada.

— E mais ainda de não ser uma centopeia, pois então poderia ter quebrado cinquenta.

Poliana achou muita graça.

— Ah, isso ainda está melhor! — exclamou. — Sei o que é centopeia, um bichinho cheio de pernas. E o senhor também deve estar contente de...

— Sim, sem dúvida — interrompeu o homem, desta vez com a voz áspera dos primeiros momentos. — Devo ficar contente por causa de tudo mais, do médico, da enfermeira e dessa maldita mulher que toma conta da minha casa.

— Sim, isso mesmo — insistiu Poliana —, porque seria terrível se não os tivesse aqui.

— Por quê? — perguntou ele irritado.

— Porque seria. Imagina o senhor deitado desse jeito sem eles.

— Isso é tudo, menina; o resto vem como consequência. E você quer que eu fique contente porque essa mulher bagunça a casa inteira, dizendo que está arrumando; e ainda há um homem que a ajuda, isso para não falar do doutor que inventou a coisa toda e da enfermeira, são um bando de criaturas que só querem o meu dinheiro.

Poliana franziu a testa com simpatia.

— É assim, eu sei. Essa parte não é boa, a respeito do dinheiro. Todo mundo sabe que o senhor vive economizando.

— Como é? Que história é essa?

— Economizando. Comendo só feijão e bolinhos de peixe, o senhor sabe. Diga: o senhor gosta de feijão? Ou gosta mais de peru, e não come peru porque custa sessenta centavos o pedaço?

— Olhe aqui, menina, que história é essa? De que está falando?

Poliana deu um sorriso radiante.

— Do seu dinheiro, do senhor se privar dele em benefício dos pagãos. Descobri isso e, por causa dessa descoberta, me convenci de que o senhor é bom por dentro. Nancy me contou.

O queixo do homem quase caiu.

— Nancy disse que eu economizava para os pagãos! E posso saber quem é essa tal de Nancy?

— A nossa Nancy, que trabalha para tia Poli.

— Tia Poli! Quem é tia Poli?

— Dona Poli Harrington, com quem eu moro.

O homem fez um movimento brusco.

— Você vive com ela?

— Sim, sou sua sobrinha. Ela encarregou-se de me criar depois que minha mãe morreu, o senhor sabe — explicou Poliana em voz baixa. — Era irmã de minha mãe. Depois que minha mãe, meu pai e meus irmãos foram para o céu, fiquei sozinha aqui embaixo, sem ninguém, a não ser as damas da Sociedade Beneficente, e então tia Poli me acolheu.

O homem nem conseguiu responder. Seu rosto ficou tão pálido que a menina se assustou.

— Acho que devo ir — disse ela, levantando-se. — Espero... espero que o senhor goste da geleia.

Pendleton arregalou os olhos e a olhou com estranho interesse.

— Então é a sobrinha de dona Poli Harrington! — disse ele.

— Isso mesmo! — E como os olhos do homem continuavam arregalados: —Suponho que o senhor a conhece, não?

— Eu... eu creio que a conheço...

Os lábios de John Pendleton arquearam-se num estranho sorriso.

— Sim, conheço-a. Mas... foi dona Poli Harrington quem mandou a geleia? — indagou pausadamente.

— Não, senhor. Ela até recomendou que não o deixasse pensar isso. Eu, por outro lado...

— Já chega — exclamou o homem, voltando a cabeça para o outro lado, e Poliana retirou-se na ponta dos pés.

Na *porte-cochère*, encontrou-se com o doutor, que a esperava no seu carro, conversando com a enfermeira.

— Então, dona Poliana? A senhora me dá o prazer de levá-la até em casa? Logo que saí lembrei-me disso e voltei.

— Obrigada, doutor. Fico muito contente que tenha se lembrado de mim. Gosto de andar de carro.

E a menina sentou-se ao lado dele.

— Gosta? — disse o médico, despedindo-se da enfermeira e partindo. — Há muitas coisas de que você gosta, não é?

— Não sei — respondeu Poliana, rindo. — Creio que há. Gosto de fazer tudo que é viver. Das outras coisas não gosto tanto, como costuras, ler em voz alta etc. Não são viver.

— E o que são, então?

— Tia Poli diz que são "aprender a viver" — suspirou a menina, com um sorriso resignado, que também fez sorrir o doutor.

— Compreendo; é bem a cara dela dizer essas coisas.

— Mas eu não penso assim — observou a menina. — Não penso que a gente tem de aprender a viver. Eu, por exemplo, não precisei.

O médico deixou escapar um suspiro.

— Mas muitos de nós, menina, têm que aprender. Não nascem sabendo, como você — e depois dessa observação ficou em silêncio, como se houvesse entristecido pela súbita recordação de qualquer coisa desagradável.

Poliana espiou-o com o rabo dos olhos e ficou com pena e com vontade de "fazer qualquer coisa". Talvez fosse isso o que a levou a dizer:

— Doutor Chilton, eu acho que ser doutor é a melhor coisa do mundo.

O médico a encarou surpreso.

— A melhor? Mesmo quando a gente só lida com os sofrimentos da humanidade?

— Sim — insistiu a menina —, a melhor, porque cura esses sofrimentos, e por isso um médico deve ficar mais contente do que todas as outras pessoas, eu penso.

Os olhos do doutor encheram-se de lágrimas. Era ele solitário, sem mulher e sem outro lar que não dois quartos num hotel. Ouvindo as palavras de Poliana e vendo no rosto aquela infantil expressão de ternura bondosa, sentiu como se uma mão amiga houvesse pousado em sua cabeça para abençoá-lo. Pressentiu que dali por diante havia de ser sempre consolado pela exaltação que brilhava nos olhos da menina.

— Deus a abençoe, gentil criança — murmurou comovido; e com o sorriso reconfortante que seus doentes bem conheciam, acrescentou: — E fico a pensar que o médico necessita tanto do tônico "Poliana" como os seus doentes! — Frase que deixou a menina sem graça e sem compreender. Nesse momento, uma lebre cruzou o caminho e mudou o rumo da conversa.

O doutor a deixou na porta da casa dos Harrington e sorriu para Nancy, que estava por ali de vassoura na mão; em seguida partiu.

— Fiz uma linda corrida de carro com o doutor — disse Poliana, entrando. — É tão amável, Nancy!

— É mesmo?

— Sim, como ninguém. Eu lhe disse que a sua profissão é a melhor do mundo.

— Quê? Boa profissão, isso de andar vendo doentes de verdade ou pessoas que se imaginam doentes? — E a careta que a moça fez completou seu pensamento.

Poliana riu com satisfação.

— Sim, Nancy. Mas há um jeito de ficar contente com isso. Adivinhe.

A moça fez um esforço mental que a levou a franzir a testa. Nancy tinha virado especialista no jogo do contente e gostava de decifrar adivinhações da menina.

— Já sei — gritou em seguida. — É justamente o oposto do que a senhora disse à dona Snow.

— Oposto? Como?

— Sim. A senhora disse a dona Snow que ela devia ficar contente porque as outras pessoas não eram inválidas, não eram todas doentes, não disse?

— É verdade, disse.

— Pois bem, o doutor pode ficar contente porque ele não é como os doentes, não é doente, não precisa de médico.

Agora foi Poliana quem ficou pensativa.

— Sim, sim — admitiu. — Esse é um jeito, mas não é o jeito que eu disse. O seu jeito, Nancy, não me soa bem porque dá a entender que o doutor fica contente porque os outros são doentes. Você às vezes joga de um jeito muito engraçado, Nancy!

Na sala de estar, a menina encontrou dona Poli.

— Quem era esse homem que a trouxe de carro, Poliana? — perguntou ela no seu célebre tom áspero.

— O doutor Chilton! Tia Poli não o conhece?

— Doutor Chilton! Que veio fazer aqui?

— Me trazer, tia Poli. Eu levei geleia para seu John Pendleton e...

— Você não disse a esse homem que foi eu que havia mandado a geleia, não é?

— Ah, não! Até disse o contrário, que a senhora não havia mandado nada.

Dona Poli ficou toda vermelha.

— Disse isso, menina?

Poliana arregalou os olhos, apavorada com o tom repressivo da tia.

— Foi a senhora que mandou!

Dona Poli suspirou.

— Eu mandei, Poliana, dizer que eu não havia mandado geleia nenhuma, mas não mandei que dissesse isso, entendeu? — E retirou-se da sala, aborrecidíssima.

— Meu Deus! Não entendo a diferença — suspirou Poliana, pendurando o chapéu no cabide, no lugar exato que dona Poli havia determinado.

16
ROSA VERMELHA E XALE DE RENDA

Num dia chuvoso, uma semana depois da visita de Poliana a seu Pendleton, dona Poli foi levada por Timóteo a uma reunião vespertina da Sociedade Beneficente, e quando voltou, às três horas, vinha vermelha do exercício e com várias mechas de cabelo soltas ao vento.

Poliana, que jamais a vira assim, ficou espantada.

— Ah! A senhora também os tem! — exclamava a menina com entusiasmo, dançando em volta da tia.

— Tem o quê, menina impossível?

A menina continuava a correr ao redor da tia.

— E eu não sabia! Como pode uma pessoa possuir uma coisa sem que os outros percebam? Acha que eu poderia? — continuou ela, repuxando as madeixas detrás da orelha.

— Poliana, que história é essa? — perguntou dona Poli, tirando o chapéu e alisando para trás o cabelo bagunçado.

— Não, não! Por favor, tia Poli! — insistiu a menina com voz de súplica. — Não alise! É deles que estou falando, desses lindos cachinhos pretos. Ah, tia Poli, como são bonitos!

— Bobagem. Mas me diga, que ideia foi aquela de aparecer na reunião da Sociedade Beneficente no outro dia, de um jeito tão absurdo, pedindo ajuda pelo menino mendigo?

— Não é bobagem, não! — exclamou Poliana, respondendo unicamente à primeira parte das observações da tia. — A senhora não imagina como está bem com o cabelo assim! Ah, tia Poli, por favor, deixe-me penteá-la como penteei dona Snow e colocar em sua cabeça um cravo! Eu queria tanto ver a senhora enfeitada assim! Ainda ficaria mais bonita do que ficou dona Snow!

— Poliana! — Dona Poli procurou dar dureza à sua voz para disfarçar a onda de alegria que aquelas palavras lhe estavam derramando na alma, porque, até então, ninguém jamais havia reparado em seu cabelo. — Poliana, você não respondeu à minha pergunta. Por que cometeu aquele absurdo na Sociedade Beneficente?

— Sim, eu sei, mas não pensei que fosse absurdo, até perceber que o relatório que iam apresentar tinha mais importância que Jimmy. E por isso escrevi às damas da minha Sociedade Beneficente, porque Jimmy está muito distante delas, a senhora sabe; ele pode tornar-se o indiazinho delas, como eu me tornei a sua indianazinha, não é verdade? Ah, deixe, tia Poli, me deixe pentear o seu cabelo.

A grande dama levou a mão à garganta, sinal de que o acesso de fraqueza vinha vindo.

— Mas, Poliana, quando as damas me contaram esta tarde como você apareceu lá, eu fiquei tão envergonhada...

Quanto mais ela insistia naquele assunto mais a menina insistia no outro, sempre dançando na sua frente.

— A senhora não disse não, não disse não! — gritou Poliana em triunfo. — E quando não diz não, eu sei que é sim. É como no dia da geleia para seu Pendleton, que a senhora não mandou, mas não queria que eu dissesse que não mandou. Agora não tem remédio. Espere aí; vou pegar o pente.

Poliana, Poliana! — advertiu ainda dona Poli, mas já seguindo a menina rumo ao seu quarto.

— Ah, a senhora veio? — exclamou a menina, da porta do quarto. — Fez muito bem! Aqui está o pente. Sente-se aqui, por favor. Ah, estou tão contente de a senhora me deixar pentear seu cabelo!

— Mas, Poliana, eu... eu...

Nem conseguiu terminar. Viu-se sentada no divã da penteadeira e já com os cabelos conquistados e revolvidos por dez dedinhos ágeis.

— Ah, que lindos cabelos a senhora tem! E muito mais que dona Snow, o que é natural, porque a senhora precisa mais de cabelos do que ela, visto que vai a visitas e festas onde muita gente pode vê-la. Minha nossa! Vão todos ficar surpresos de ver tanto cabelo e tão comprido. Deixe, tia Poli, vou deixar a senhora tão bonita que todo mundo vai arregalar os olhos quando a vir!

— Poliana! — exclamava ainda dona Poli, com o rosto escondido dentro duma cortina de cabelos caídos. — Nem sei por que estou deixando que faça uma bobagem dessas!

— Ah, tia Poli, a senhora vai ficar contente de ver todo o mundo olhá-la com admiração. Não gosta de contemplar as coisas bonitas? Eu gosto. Gosto de olhar para as pessoas bonitas, porque quando olho as feias fico triste por elas.

— Mas... mas...

— E também gosto muito de pentear cabelos. Penteava vários lá na minha Sociedade Beneficente, mas não vi nenhum lindo como o seu. O de dona White era bem bonito, e ela ficou dez anos mais moça um dia em que a penteei. Ah, tia Poli, tive uma ideia, mas é segredo! Bom, o cabelo agora está quase pronto, e eu tenho que dar uma fugidinha. Um minuto só. E a senhora vai prometer, prometer não espiar até que eu volte. — E retirou-se do quarto correndo.

Dona Poli não disse nada em voz alta; mas lá consigo pensou que o melhor era desfazer aquele penteado absurdo e arrumar o cabelo como sempre. Quanto a espiar...

E espiou! Um instantinho só, mas o bastante para que ficasse vermelha como uma papoula. É que tinha visto o próprio rosto, não tão jovem assim, é verdade, mas iluminado de empolgação e surpresa. Seus olhos cintilavam.

Os cabelos, bem escuros e ainda úmidos da manhã que tinha passado ao ar livre, caíam sobre as orelhas em lindas ondas, com cachinhos aqui e ali. Ficou tão admirada e absorvida que quase esqueceu a determinação de desfazer o penteado. Nisso Poliana reapareceu, e duas mãozinhas lhe taparam os olhos.

— Poliana, Poliana! Que coisa é essa?

A menina deu uma risada gostosa.

— Não pode saber — disse ela. — É o segredo. Agora fique quieta. Não se mexa. Mais um instantinho e a senhora verá. Deixe-me amarrar este lenço.

— Poliana! — ralhou dona Poli, resistindo ao lenço. — Tire isso daí! Que menina impossível! — E nesse instante sentiu algo macio ser colocado sobre os ombros.

A garota só ria e com dedos ágeis ajeitava sobre os ombros de dona Poli um lindo xale de renda, amarelecido pelos muitos anos que passara guardado, fora de uso. Poliana soubera desse xale certo dia em que Nancy estava arrumando o sótão, e agora, ao enfeitar a tia, lembrara-se de utilizá-lo.

Depois de terminar, inspecionou de longe o efeito e corrigiu um ou outro detalhe. Em seguida, empurrou dona Poli para o solário, onde havia uma rosa temporã entreaberta na treliça.

— Poliana, que está fazendo? Para onde está me levando? — debatia-se dona Poli, resistindo inutilmente. — Poliana, eu não...

— Está no solário, um instantinho! Agora vou acabar o serviço num segundo — disse a menina, colhendo a rosa e ajeitando-a em um dos lados da cabeça de dona Poli. — Pronto! — exclamou e desfez o nó do lenço que arremessou para longe. — Ah, tia Poli, como estou contente de tê-la vestido tão bem!

Por um momento dona Poli se olhou em choque, como se não estivesse se reconhecendo. Nisso viu alguma coisa lá fora, deu um grito e fugiu para o quarto. Poliana se virou para ver o que assustara a tia e através das janelas avistou uma carruagem. Reconheceu-a e, feliz da vida, debruçou-se no peitoril.

— Doutor Chilton, doutor Chilton! Veio me ver? Estou aqui...

— Vim, sim — respondeu o doutor, meio sério. — Pode descer por um momento?

A menina girou nos calcanhares para descer e, ao atravessar o quarto de dona Poli, encontrou-a com raiva, tirando os alfinetes que mantinham o xale de renda em seus ombros.

— Poliana, por que fez isso? Me deixou como uma palhaça para todo mundo ver!

A menina ficou desolada.

— Mas estava tão linda, tia Poli, tão linda...

— Linda! — zombou a tia, jogando o xale ao chão e desfazendo o célebre penteado com dedos impacientes.

— Não, tia Poli! Não desmanche, por favor! Deixe assim!

— Deixar assim? Até parece! — E os seus cabelos foram de novo penteados como de costume, repuxados para trás.

Poliana desceu a escada quase chorando. Foi ver o que o doutor queria.

— Eu receitei você a um doente — disse ele —, e vim buscar o remédio. Quer ir comigo?

— Quer... quer que eu vá comprar algum remédio na farmácia? Fiz isso muitas vezes lá na minha Sociedade Beneficente.

O doutor sacudiu a cabeça, sorrindo.

— Não exatamente. É o seu John Pendleton, que deseja vê-la hoje mesmo, se possível! Já passou a chuva e posso levá-la. Vamos? Às seis horas posso trazê-la de volta.

— Por mim vou — respondeu Poliana. — Agora preciso pedir à tia Poli.

Logo depois voltou, de chapéu na mão, mas com ar preocupado.

— Sua tia não deixou? — indagou o doutor, desconfiado.

— De... deixou — suspirou a menina. — Deixou, sim; mas deixou demais, e estou com medo. — Poliana suspirou novamente. — Acho que ela não quer que eu vá, pois respondeu assim: "Vá, vá logo! Só queria que já tivesse ido há mais tempo".

O doutor sorriu, mas só com os lábios. Seus olhos estavam sérios. Calou-se por uns momentos; depois perguntou.

— Não foi... sua tia que eu vi no solário logo que cheguei?

Poliana suspirou.

— Foi, sim, e acho que por isso ela ficou brava. O senhor a viu vestida de festa, com um lindo xale de renda que encontrei no sótão e de cabelos penteados por mim, com uma rosa aqui. Estava tão linda, não?

O doutor não respondeu imediatamente, depois disse:

— Sim, Poliana, ela estava linda, sim...

— Achou? Ah, fico tão contente! Vou contar para ela com certeza.

Mas para sua surpresa o doutor pediu que não.

— Nunca, Poliana! Peço que nunca diga nada, ouviu?

— Por que, doutor Chilton? Que mal faz? Ela iria ficar tão contente!

— Mas não diga, nunca, viu? Capaz dela ficar brava com você e comigo...

Poliana ficou pensativa por uns instantes.

— Quem sabe? — E a menina suspirou. — Agora lembrei que foi por ter percebido o doutor que ela correu do solário. E depois queixou-se de ter sido vista "como uma palhaça".

— Imaginei isso mesmo — murmurou o doutor, meio para si mesmo.

— Mas não consigo entender o porquê — advertiu a menina. — Estava tão bonita...

O doutor não disse nada. Ficou em silêncio e assim permaneceu até chegar à casa do homem com a perna quebrada.

17
"TAL QUAL UM LIVRO"

John Pendleton recebeu Poliana com um sorriso diferente.

— Muito bem, dona Poliana; ando pensando muito na sua pessoinha e acho que deve ser bastante misericordiosa para ter vindo me ver hoje.

— Por quê, seu Pendleton? Fiquei muito contente de ter vindo e não ficaria nada contente se não viesse.

— É que fui rabugento da última vez que me trouxe geleia e também daquela outra em que me encontrou de perna quebrada. E creio que nem agradeci pelo que fez aquele dia. Por isso digo que foi misericordiosa em ter vindo me ver de novo.

A menina se remexeu atrapalhada.

— Mas fiquei tão contente de encontrar o senhor naquele dia, quer dizer, não que eu tenha gostado de o senhor ter quebrado a perna. Isso não.

— Compreendo — disse Pendleton, sorrindo. — A sua linguinha às vezes não ajuda, não é, dona Poliana? Mesmo assim, agradeço muito por esse contentamento e acho que foi muito heroico de sua parte tudo que fez por mim. Também fico muito agradecido da geleia que me trouxe.

— Gostou?

— Muito. E como não trouxe mais nada hoje, suponho que tia Poli não tenha gostado — disse ele, sorrindo de modo intencional.

Poliana continuou atrapalhada.

— Não, senhor. Por favor, seu Pendleton, eu não tive intenção de ser rude naquele dia, quando disse que tia Poli não havia mandado a geleia.

Não houve resposta. Pendleton deixara de sorrir e olhava para longe com o olhar vago. Por fim soltou um suspiro e se virou para a menina. Sua voz denunciava uma leve tremedeira de nervosismo.

— Tudo bem, tudo bem. Não mandei chamá-la para me ver reclamando. Escute. Na biblioteca, aquela sala grande onde fica o telefone, há uma caixa, na prateleira mais baixinha da estante, próxima à chaminé. Estará lá, digo, se a maldita mulher que anda revirando tudo aqui em casa não a removeu. Vá buscá-la. É pesada, mas creio que você aguenta.

— Ah, mas eu sou muito forte — declarou Poliana, erguendo-se. — Carrego até duas.

Momentos depois voltava com a caixa e, durante meia hora, ficou maravilhada com o que havia dentro. Era uma caixa de tesouros, curiosidades que Pendleton havia juntado nas suas viagens pelas terras exóticas, cada item guardava uma história. Entre elas havia um precioso xadrez de marfim trazido da China e uma estátua de jade encontrada na Índia.

Depois de Poliana ouvir a história daquela estátua, uma observação triste lhe ocorreu.

— Creio que vale mais cuidar de um menino da Índia, desses que pensam que Deus está numa estátua destas, do que cuidar de Jimmy, um menino que sabe que Deus está no céu. Mas, mesmo assim, continuo triste por não terem aceitado Jimmy.

John Pendleton parecia não ouvir nada. Seus olhos continuavam perdidos; depois, como se tivesse acordado, tomou outro objeto da caixa e começou sua história.

Aquela visita foi um encanto para Poliana; mas do meio para o fim os dois começaram a falar de outras coisas além das que estavam na caixa. Falaram de si próprios, de Nancy, de dona Poli. Poliana contou da sua vidinha antiga, lá na remota cidade do Oeste.

Pouco antes de a menina partir, John Pendleton disse numa voz que não lembrava a antiga, sempre tão ríspida e severa:

— Menina, quero que venha me ver sempre. É possível? Vivo muito solitário e preciso da sua presença. Há mais um motivo. Devo admitir que no nosso último encontro, quando soube quem você era, desejei nunca mais vê-la aqui. Isso por me recordar uma pessoa que vivo procurando esquecer. Disse então a mim mesmo que não queria vê-la nunca mais. E sempre que o doutor sugeria fazê-la vir aqui, eu declarava firme que não. Mas, depois de algum tempo, descobri que queria muito ver você, e que o fato de não vê-la me fazia lembrar ainda mais da criatura que procurava esquecer. Por isso, agora quero que venha sempre. Faz isso?

— Mas é claro que sim, seu Pendleton — declarou Poliana, olhando com imensa simpatia para o rosto abatido do homem preso à cama. — Gostarei muito de vir.

— Obrigado — murmurou John Pendleton.

Depois do jantar, Poliana foi à copa conversar com Nancy e contou toda a conversa com Pendleton, enquanto analisavam os tesouros da caixa.

— E pensar — murmurou Nancy — que ele mostrou à senhora todas essas coisas raras e conversou a respeito delas, ele que é tão bravo e não fala com ninguém!

— Ah, mas seu Pendleton não é bravo assim, Nancy. Só por fora — explicou a menina. — Não sei por que todo mundo imagina que ele seja mau. Ninguém pensaria assim, se o conhecesse melhor. Mas até tia Poli o detesta. Não somente não mandou a geleia, como ficou muito empenhada em que ele não soubesse que ela sabia que eu estava levando a geleia, entendeu?

— Provavelmente dona Poli achou que não era dever dela mandar a geleia — observou Nancy, fazendo uma careta. — Mas o que me surpreende, dona Poliana, é como seu Pendleton se entregou todo à senhora, logo ele que não é homem de se entregar a ninguém, nunca.

A menina sorriu feliz.

— Pois comigo foi assim, Nancy. Custou um pouco. No começo ele resistiu. Ontem me confessou que da última vez chegou a não querer me ver nunca mais, porque eu lhe recordava uma pessoa que ele queria esquecer. Mas depois...

— Como é? — indagou Nancy animada. — Disse que a senhora lhe recordava uma pessoa que ele queria esquecer?

— Sim, foi isso.

— Quem?

— O nome ele não disse.

— Pronto! — exclamou Nancy quase sufocada de gosto. — Descobri *o mistério*! Foi por isso que não quis saber da senhora no começo. Ah, dona Poliana! Igualzinho nos romances, e olha que tenho lido muitos, como *O segredo de dona Maud*, *O herdeiro desaparecido*, *Oculto durante anos*, todos cheios de mistérios como esse. Pelas estrelas do céu! E eu que estive com o livro aberto diante dos olhos e só agora compreendi o enredo! Conte, dona Poliana, conte direitinho tudo que ele falou e o modo como falou. Ahn! Por isso que simpatizou tanto pela senhora! Por isso...

— Mas não foi assim no começo; só da última vez. No começo nem sabia quem eu era, até que levei a geleia e o fiz entender que não tinha sido mandada pela tia Poli.

Nancy deu um pulo e bateu palmas.

— Ah, dona Poliana, eu sei, eu sei, agora eu sei! — exclamou ela radiante. Voltou a se sentar junto à menina e disse: — Conte, pense e responda certinho. Não foi depois de saber que a senhora era sobrinha de dona Poli que ele resolveu nunca mais vê-la?

— Foi. Pelo menos foi o que ele explicou hoje.

— Isso mesmo! — murmurou Nancy triunfante. — E dona Poli não quis que a senhora levasse a geleia, não é?

— Não quis, não.

— E a senhora disse que não era ela quem tinha mandado?

— Disse, mas e daí?

— E ele começou a ficar esquisito, e a chorar, ou quase, logo que soube que a senhora era sobrinha de dona Poli, não foi?

— Si... sim; ficou diferente quando soube, é isso mesmo! — admitiu Poliana, franzindo a testa.

Nancy deu um suspiro gostoso.

— Entendi! Entendi! Agora ouça. Seu John Pendleton foi o namorado de dona Poli Harrington! — declarou a moça em tom de quem descobriu a América.

— Como, Nancy? Não pode ser! Ela não gosta dele — argumentou Poliana.

— Agora não gosta mesmo! Houve uma briga...

Poliana ainda sorria com incredulidade, enquanto Nancy se preparava para pôr em pratos limpos a história toda.

— É isso mesmo. Logo que a senhora bateu aqui, seu Tom me contou que dona Poli teve um namorado, uma vez. Eu não quis acreditar. Não achei jeito que alguém pudesse ter gostado dela. Seu Tom disse também que o sujeito ainda morava nesta cidade. Pois bem, agora eu sei. Sei quem é ele. Seu Pendleton! Ele não guarda um segredo? Não se fechou em sua casa sem nunca falar com pessoa alguma? Não ficou todo esquisito quando soube que a senhora era sobrinha de dona Poli? E agora não confessou que a menina o faz se lembrar de alguém que ele deseja esquecer? Está tudo claríssimo. Esse alguém é dona Poli. Por isso ela não quis que a senhora levasse geleia... Não está claro como o dia, dona Poliana? É isso mesmo...

— Ah — exclamou a menina, de olhos arregalados. — Mas, Nancy, eu acho que se eles tivessem se gostado mesmo já teriam feito as pazes depois da briga. Acredito que ficariam muito contentes de fazer as pazes, não?

Nancy fez um bico indefinível.

— A senhora é muito criança e não sabe nada disso de amor, dona Poliana. Mas se há gente no mundo que não tem jeito para o jogo do contente, são os namorados. Vivem brigando, vivem tristes e emburrados, como ela e ele...

Nancy parou de repente, como se houvesse tido uma ideia.

— Está aí um serviço lindo para a senhora, dona Poliana! Fazer que esses dois aprendam o jogo. Fazer que fiquem contentes de se reconciliarem de novo. Será que é possível?

Poliana não disse nada, mas passou o resto do dia calada, pensando, pensando.

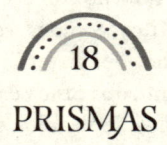

18

PRISMAS

Depois que os dias quentes de agosto passaram, Poliana começou a ir com mais frequência à casa de seu Pendleton. Mas sentiu que suas visitas não obtinham o sucesso esperado. Embora o homem mandasse buscá-la com frequência e assim demonstrasse que desejava tê-la por perto, não parecia ficar mais feliz quando a via lá. Pelo menos era o que Poliana achava.

Seu Pendleton conversava com ela, isso era verdade, e mostrava muitas coisas lindas, livros, desenhos, curiosidades, mas nunca parava de se lamentar e nem de reclamar do novo "regulamento" que regia a casa. Parecia gostar de ouvir a menina falar, então Poliana falava. Era o seu maior prazer falar, mas era péssimo vê-lo sempre na cama, pálido, com cara de sofrimento no rosto; chegava a imaginar, ou deduzir muitas vezes, que essa expressão sofrida provinha do que ela dizia.

Nunca chegava a ocasião em que podia falar do jogo do contente, e ele também não parecia muito disposto a abrir essa brecha. A menina tentou duas vezes, mas sempre que começava a repetir o que seu pai lhe dissera, John Pendleton mudava bruscamente o rumo da conversa.

Poliana já não tinha dúvidas de que Pendleton tinha sido o namorado de sua tia e de todo o coração desejava tentar uma reaproximação que trouxesse a paz de novo àquelas duas vidas miseráveis.

Como faria isso já era outro assunto, e bem menos importante. Começou falando a Pendleton de sua tia, e de todas as vezes ele a ouvia, às vezes muito educado e às vezes com impaciência, irritado ou com um sorriso indecifrável nos lábios. E também falou de John Pendleton à sua tia, ou tentou falar, porque dona Poli nunca a deixava prosseguir, puxava sempre qualquer outro assunto. Mas dona Poli também fazia isso quando a conversa recaía em outras pessoas, como o doutor Chilton, caso em que Poliana atribuía a implicância ao fato de o médico tê-la visto no solário, de xale nos ombros e rosa nos cabelos. Dona Poli parecia extremamente amarga quando o assunto era o doutor Chilton, como Poliana verificou certo dia em que amanheceu fortemente resfriada.

— Se não melhorar esta noite — havia dito dona Poli —, chamarei o médico.

— Nesse caso vou piorar — rouquejou Poliana —, porque ficarei muito contente se o doutor Chilton vier me ver.

A cara de dona Poli endureceu.

— Não será o doutor Chilton, não, Poliana — declarou ela categoricamente. — Não é o médico da família. Chamarei o doutor Warren, se você piorar.

A menina não piorou, e o doutor Warren não foi chamado.

— Estou bem contente — disse Poliana. — Não há dúvida de que gosto do doutor Warren, mas gosto mais do doutor Chilton e ficaria preocupada que ele ficasse triste de não ter sido chamado. A senhora bem sabe que ele não teve culpa nenhuma de vê-la vestida daquele jeito, e tão bonita, com o xale nos ombros e a rosa no cabelo...

— Já chega, Poliana. Não quero discutir sobre o doutor Chilton e nem sobre seus sentimentos — declarou dona Poli com firmeza.

Poliana olhou para a tia com os olhos indagadores; depois suspirou.

— Gosto de vê-la com as faces coradas como agora, tia Poli, e também tenho muita vontade de pentear o seu cabelo outra vez. Se a senhora... Tia Poli! Tia Poli!

Mas a tia já sumira de vista pelo corredor.

Foi lá pelo fim de agosto que Poliana, durante uma visita cedinho de manhã à casa de John Pendleton, avistou uma faixa flamejante azul, dourada e verde com pontas vermelhas e roxas sobre o travesseiro dele. Ela parou na hora e ficou maravilhada.

— Olha só, Seu Pendleton, é um arco-íris bebê. Um arco-íris de verdade veio visitar o senhor! — disse ela, unindo as mãos de forma gentil. — Como é lindo! Mas como será que entrou aqui?

O homem deu uma risadinha desanimada. John Pendleton estava desanimado naquela manhã.

— Vem com certeza daquele termômetro, ali na janela — explicou com voz fraca. — O sol bate nele de manhã.

— Mas não é uma beleza, seu Pendleton? É o sol que faz isso? Que curioso! Se o termômetro fosse meu, iria deixá-lo no sol o dia inteiro.

— Pobre termômetro! Como poderia fazer a sua obrigação, que é marcar a temperatura dentro de casa, se ficasse ao sol?

— Eu nem me importaria — disse Poliana ainda com os olhos fascinados. — Tem tanta coisa que não vive sempre ao sol!

O homem sorriu. Estava observando o rostinho da menina. De repente, um pensamento lhe veio. Tocou o sino que tinha ao lado.

— Nora — disse à empregada que veio atender —, traga-me um dos candelabros da sala de estar.

A mulher saiu um tanto espantada com a esquisitice e voltou momentos depois com o candelabro tilintante de pingentes de cristal.

— Obrigado. Coloque ali na mesa. Agora amarre um fio a meia altura da janela, que vá de um lado a outro. Esse fio, ali na mesa. Isso. Está bem. Pode sair.

Logo que a empregada deixou o quarto, o homem se virou para a menina e pediu:

— Faça o favor de trazê-lo aqui, Poliana.

A menina segurou o candelabro com ambas as mãos e o trouxe até a cama com mil cuidados. Pendleton foi, então, destacando os pingentes e colocando-os sobre o travesseiro até formar uma dúzia.

— Agora, minha cara, leve-os lá e pendure-os no fio. Se realmente deseja viver num mundo de arco-íris, espere só um pouquinho.

Só depois que Poliana pendurou o quarto pingente é que notou o que estava acontecendo, e ficou tão empolgada que suas mãos começaram a tremer e teve muito trabalho para pendurar os restantes. Mas terminou o serviço e recuou dando gritos de alegria.

O aposento se transformou num sonho de conto de fadas. Por todos os lados, luzes dançavam, vermelhas, azuis, verdes, roxas, alaranjadas, cor de ouro, pelas paredes, pelos móveis, pelo corpo de seu Pendleton.

— Ah, mas que maravilha! Estou vendo que até o sol quer jogar o jogo do contente, não vê? — exclamava a menina delirante, esquecida de que o homem não sabia nada sobre esse tal jogo. — Como seria bom se eu tivesse alguns destes geniozinhos de cristal, para dar de presente à tia Poli, à dona Snow e a tanta gente mais! Como ficariam alegres! Até tia Poli era capaz de ficar contente a ponto de bater três portas, ela que jamais bateu uma só. Imagine viver dentro dum arco-íris assim...

Pendleton sorria, extasiado.

— Pelo que conheço de sua tia, Poliana, acredito que seria necessário mais do que uns pingentes ao sol para fazê-la bater portas! Mas que jogo é esse?

— Ah, esqueci que o senhor não o conhece ainda.

— E por que não me ensina?

Chegou o momento. Poliana contou a história toda, a partir das muletinhas que vieram na caixa em vez de bonecas, e contou tudo sem olhar para o ouvinte de tanto que encarava aquelas luzes coloridas.

— Pois é só isso, e agora o senhor poderá compreender o que eu quis dizer quando falei que o sol também estava jogando o jogo do contente.

Depois de um momento, a voz do homem ressoou, fraca e comovida.

— Talvez — disse ele. — Mas estou pensando que o mais belo dos prismas é você, Poliana.

— Eu? Eu não emano cores azuis, verdes, vermelhas quando o sol bate em mim, seu Pendleton!

— Tem certeza? — Sorriu o homem, em cujos olhos Poliana viu lágrimas.

— Tenho — confirmou ela e depois acrescentou, triste: — O sol em mim, seu Pendleton, só faz sardas...

Pendleton virou o rosto e não conseguiu segurar um soluço de choro.

19
"SURPRESAS"

Poliana foi para a escola em setembro. O exame de admissão mostrara que estava bastante adiantada para uma menina daquela idade, de modo que ela entrou numa classe de meninos e meninas de onze anos.

A escola, em muitos aspectos, era uma surpresa, e Poliana era igualmente uma surpresa para a escola. Talvez por isso firmaram, ela e a escola, uma ótima relação, tanto que a menina confessou à tia que, no fim das contas, a escola era uma "coisa viva", ao contrário do que duvidara a princípio.

Mesmo com todo o encanto causado pelo novo ambiente, Poliana jamais esqueceu os velhos amigos, embora já não fosse possível dedicar tanto tempo a eles como antes. Seu John Pendleton foi o que mais se queixou.

Certo sábado, contou isso à menina e fez uma proposta.

— Olhe, Poliana, o que você acha de vir morar comigo? Ando estranhando muito a sua ausência ultimamente.

A menina sorriu. Seu Pendleton era tão engraçado às vezes! Mas pela expressão do seu rosto logo verificou que não era brincadeira.

— Sim — disse ele. — Esse desejo de ter você aqui comigo, logo eu, que jamais quis saber de ninguém, começou no dia em que aprendi o maravilhoso jogo do contente. Agora, por exemplo, vivo satisfeito de ter quem me sirva e cuide de mim. E como logo estarei de novo em pé, verei quem tenho por aqui — disse ele, tomando a muleta que estava ao lado e sacudindo-a de brincadeira sobre a cabeça da menina.

Conversavam na biblioteca, e Poliana tinha os olhos no cachorro estirado diante da lareira.

— O senhor ainda não está contente do que há; apenas diz que está. Não sabe ainda jogar o meu jogo direito, seu Pendleton, e nem sequer sabe que não sabe.

O rosto do homem ficou sério.

— É bem por isso que quero você aqui, Poliana, para me ajudar com o jogo. Quer morar comigo?

Aquela insistência a surpreendeu.

— Seu Pendleton, está realmente pensando no que diz?

— Claro que estou. Preciso de você. Quer?

Poliana fez uma cara de aflita.

— Como, seu Pendleton? Não posso, o senhor sabe que não posso. Sou de tia Poli.

Um fulgor estranho perpassou os olhos do homem, cuja cabeça se ergueu de ímpeto.

— Não é mais dela do que... Talvez dona Poli deixe. Você viria, se ela deixasse?

— Mas tia Poli tem sido tão boa para mim! — argumentou a menina, franzindo a testa como se estivesse refletindo profundamente. — Ela me abrigou quando fiquei sem ninguém no mundo, a não ser as damas da Sociedade Beneficente, e...

De novo aquele fulgor estranho brilhou nos olhos do homem; logo, porém, passou e uma sombra de tristeza apareceu.

— Poliana, há muitos anos amei profundamente uma certa pessoa e fiz mil planos de trazê-la para esta casa, sonhando uma vida inteira de felicidade ao seu lado.

Os olhos da menina brilharam em simpatia.

— Mas — continuou o homem — não o consegui e não importa o porquê. Não consegui e basta. E desde então este amontoado de pedras ficou sendo o que é, uma casa, não um lar. Para que se tornasse um lar, necessitaria da mão de uma mulher ou da presença de uma criança, e eu não tive nem uma nem outra. Quer vir morar comigo, Poliana?

A menina pôs-se de pé, iluminada.

— Seu Pendleton, então o senhor está querendo dizer que viveu esse tempo todo desejando ter o amor dessa mulher?

— Isso mesmo, Poliana.

— Ah, estou tão contente! Mas que ótimo! Podemos vir as duas para cá e tudo se ajeitará.

— Vir as duas? — repetiu o homem, desnorteado.

O modo como falou fez a dúvida voltar ao espírito da menina. Mesmo assim, ela prosseguiu:

— Bom, tia Poli ainda não foi conquistada, mas tenho a certeza de que será, se o senhor se comportar com ela como se comportou comigo, e então terá nós duas.

— A sua tia Poli aqui? — exclamou o homem aterrorizado.

— Prefere então ir para lá? — indagou a menina com os olhos muito abertos. — A casa de tia Poli não é tão linda como a sua, mas é mais perto da cidade...

— Poliana, do que você está falando, menina? — perguntou o homem, de olhos arregalados.

— De onde iremos viver, ué! — respondeu a menina surpresa de que uma coisa tão simples não fosse compreendida imediatamente. — O senhor estranhou que ela viesse morar aqui. Mas se deseja ter a mão e o coração de tia Poli por toda a vida e não quer que ela more aqui, então é claro que o senhor terá de morar lá.

Nesse momento, a empregada surgiu à porta, dizendo que o doutor havia acabado de chegar. A menina se levantou, e seu Pendleton, aflito, pediu:

— Pelo amor de Deus, Poliana, não conte dessa nossa conversa para ninguém, viu?

— Claro que não contarei — respondeu a menina, piscando um olho. — Esperarei que o senhor mesmo conte tudo, que tal?

John Pendleton recaiu desanimado na poltrona.

— Mas o que é isso? — perguntou logo depois o doutor, tomando-lhe o pulso agitado.

Um sorriso de resignação desenhou-se nos lábios do homem.

— Tomei demais o seu remédio doutor, o seu tônico! — disse ele, vendo que o médico seguia com os olhos, através da janela, o vultinho da menina que já estava longe.

20
MAIS SURPRESAS

Todo domingo, Poliana comparecia ao serviço religioso da escola pela manhã e, à tarde, saía a passeio com Nancy. Numa dessas vezes, acabou cruzando com o carro do doutor Chilton, o qual logo parou.

— Suba — disse ele. — Tenho algo para contar e estava justamente me dirigindo à casa de dona Poli para isso.

— O que foi, doutor Chilton? — perguntou ela, depois de acomodar-se ao seu lado.

— Seu Pendleton quer muito que você vá vê-lo hoje sem falta. Diz que é muito importante.

Poliana ficou radiante.

— Sim, eu sei o que é. Vou já.

O doutor olhou-a com surpresa e, estranhando aquele entusiasmo, disse:

— Não sei se devo levá-la, Poliana; a senhora mais agitou do que acalmou meu paciente da última vez que foi lá.

Poliana deu uma risada alegre.

— Quem causou a agitação não fui eu, o senhor deve saber, foi tia Poli!

— Sua tia? Como assim? — interrogou o médico, surpreso.

— Sim, ela mesma — respondeu a menina, dando um pulo no assento. — É de agitar mesmo, como o capítulo principal de um livro. Quer saber como foi? Prometi não contar nada a ninguém, mas não se esconde nada dos médicos. Quando ele pediu para nada dizer a ninguém estava falando dela.

— Dela?

— Sim, tia Poli, e isso, decerto, porque queria ele mesmo contar tudo. Os namorados são assim.

— Os namorados? Mais essa agora!

Sem querer, o doutor havia dado um puxão nas rédeas, fazendo o cavalo vacilar na marcha.

— Namorados, sim, doutor! Foi o romance que decifrei, ou melhor dizendo, que Nancy decifrou. Nancy disse que tia Poli, há muito tempo, teve um namorado com o qual brigara; mas Nancy nunca conseguiu descobrir quem era esse tal namorado. Mas agora descobriu. Foi seu Pendleton!

Outro tropeço do cavalo mostrou que a mão do médico não estava muito firme.

— Ah, não! — exclamou ele. — Eu jamais imaginaria.

Estavam já perto da casa de dona Poli, e Poliana teve de apressar a história.

— Pois é, e estou muito contente. A descoberta veio de um jeito lindo. Seu Pendleton perguntou se eu não queria ir morar com ele, e eu respondi que não podia de modo nenhum abandonar tia Poli, que tem sido tão boa para mim. E foi então que ele me contou a história de uma mulher que queria e ainda quer muito ter em casa. Fiquei contentíssima. Isso significa que ele deseja fazer as pazes, e nesse caso eu e tia Poli iremos morar na casa de seu Pendleton, ou ele irá morar na casa de tia Poli, isso ainda tem que ser resolvido. Mas tia Poli não sabe de nada, então ainda há muito a se resolver. Acho que é por isso que ele quer tanto me ver hoje.

O rosto do doutor mostrava uma expressão estranha.

— Muito bem — disse ele, detendo o cavalo diante da casa de dona Poli —, então agora já sei dos motivos pelos quais seu Pendleton tanto deseja a sua visita.

— Lá está tia Poli, na janela! — exclamou a menina. — Sumiu... Ou será que estou vendo coisas?

— Não está mais lá agora — disse o doutor, e em seu rosto estampou-se uma vaga tristeza.

Poliana encontrou seu Pendleton muito nervoso quando foi vê-lo, à tarde.

— Poliana — começou ele sem preâmbulos —, passei a noite inteira remoendo o que você disse ontem a respeito de dona Poli e quero que me explique o que está acontecendo.

— Pois explico, sim! Sei que o senhor e ela já foram namorados antigamente e estou fazendo de tudo para que virem namorados de novo.

— Namorados? Eu e dona Poli?

O tom de surpresa daquela interrogação fez Poliana arregalar os olhos.

— Pois foi o que Nancy me contou — disse a menina.

O homem disparou numa risada gostosa e depois disse:

— Pois veja só! Mas sinto muito contar que essa Nancy está mal-informada.

— Quer dizer que não foram namorados? — perguntou a menina com uma trágica decepção na voz.

— Nunca!

— Então não é igualzinho como num livro de romance?

Não houve resposta. Os olhos do homem estavam pensativamente fixos na distante paisagem vista da janela.

— Ah, mas que coisa! — suspirou Poliana. — Estava tudo indo tão bem, e eu tão satisfeita de vir para cá com a tia Poli...

— E sem ela não vem?

— Não posso. O senhor sabe que sou de tia Poli.

O homem mudou de expressão e foi com quase ferocidade que disse:

— Antes que você fosse de dona Poli, você foi de sua mãe, e... foi a mão e o coração de sua mãe, Poliana, que eu sempre almejei.

— Minha mãe! — exclamou a menina, com os olhos arregalados.

— Sim, sua mãe. Eu não queria contar, mas não há como remediar — confessou John Pendleton com muita tristeza e falando com dificuldade. — Amei sua mãe, Poliana — continuou —, mas não fui correspondido e de repente lá se foi o meu sonho para outras terras, casada com outro homem, seu pai, Poliana. Um desastre para mim. O mundo inteiro pareceu coberto de sombras e... Mas não importa. Basta que saiba que desde então me tornei solitário, grosseiro, esquisitão, desagradável e assim envelheci, ou quase, pois ainda não tenho sessenta anos. Afinal, um belo dia, surgiu na minha vida uma menina que me iluminou por dentro, assim como um prisma atravessado pelos raios de sol. Descobri depois quem era essa menina e pretendi nunca mais vê-la, para não reviver o que sentira por sua mãe, mas esse projeto você bem sabe como falhou. E agora sonho em ter você aqui para sempre. Diga, Poliana, quer morar comigo?

— Mas, seu Pendleton, eu... eu não mando em mim. Sou de tia Poli, já disse.

Seus olhos estavam marejados de lágrimas.

— Tia Poli! E eu não sou nada? Como quer que eu fique contente com tudo se me abandona? Saiba, Poliana, que só depois que entrou em minha casa é que comecei a viver. E se eu a tivesse aqui como filha, nossa, então ficaria contentíssimo de viver, contente de tudo, tudo! E não haveria um desejo seu, Poliana, que não fosse satisfeito. Toda a minha fortuna, até o último centavo, seria empregada em fazê-la feliz.

A menina ficou chocada.

— Como se eu fosse deixar que o senhor gastasse todo o seu dinheiro comigo, esse abençoado dinheiro economizado para salvar a alma dos pagãos!

O homem quis falar, mas a menina prosseguiu:

— Além disso, uma pessoa com tanto dinheiro não precisa de mim para ficar contente a respeito de tudo. O senhor pode, com esse dinheiro, fazer muitas pessoas felizes, e assim ficará contente também. Não foi assim com os prismas de cristal que deu à dona Snow e a moeda de ouro que deu à Nancy?

— Pois é, mas enfim... — interrompeu o homem, que jamais fora conhecido como grande altruísta. — Mudei, estou mudando, e tudo por sua causa, Poliana! Quem deu a elas essas coisas não fui eu, foi você. Sim, você — insistiu ele, vendo a expressão negativa da menina. — E isso só prova como necessito de sua presença ao meu lado. Para que eu possa jogar o jogo do contente só há um jeito, Poliana: que você venha jogá-lo aqui comigo.

A menina estava cada vez mais atrapalhada.

— Tia Poli tem sido boa para mim! — começou, mas foi interrompida bruscamente.

A velha irritação de Pendleton estampava-se de novo em seu rosto.

— Sem dúvida que foi boa, mas dona Poli não precisa de você, Poliana! Nem metade do quanto eu preciso. Compreenda isso.

— Ela anda contente, sim, de me ter por lá...

— Contente! — interrompeu o homem já sem paciência. — Aposto que dona Poli nem sonha com o que é estar contente com coisa nenhuma. Só conhece a prática e o dever. Já tive no passado a experiência desse tal dever. Confesso que fomos grandes amigos há muito tempo, isso durante quinze ou vinte anos. Conheço-a bem. Todos aqui a conhecem. Não é do tipo "contente", não, Poliana. É do tipo "dever". Mencione isso em casa, de vir ser minha filha, e veja o que ela diz. Ah, minha amiguinha, preciso tanto, tanto de sua presença aqui...

Poliana soluçava.

— Está bem. Falarei com tia Poli — respondeu pensativamente. — Não é que eu não gostaria de vir morar aqui com o senhor, seu Pendleton, mas... — Poliana fez uma pausa de instantes, depois: — Em todo o caso, estou contente de ainda não ter dito a tia Poli coisa nenhuma do que se passou, porque então ela...

John Pendleton sorriu com amargura.

— Bom, Poliana. Foi bom que não tenha dito nada.

— Contei apenas ao doutor, porque médicos são médicos.

— Ao doutor Chilton? — exclamou Pendleton, virando-se de repente para a menina.

— Sim, quando ele veio dizer que o senhor queria me ver hoje.

O homem recaiu sobre a poltrona e, muito atento, indagou:

— E o que o doutor Chilton fez?

— Nem me lembro mais — respondeu a menina, franzindo a testa num esforço para recordar-se. — Ah! Disse que conseguiu entender a sua ânsia em que eu viesse para cá hoje.

— Hum, disse isso! — resmungou Pendleton, e Poliana não conseguiu interpretar a expressão do seu rosto.

21

UM PRIMEIRO ESCLARECIMENTO

O céu estava carregado de nuvens quando Poliana chegou ao sopé da colina. Nancy vinha ao seu encontro de guarda-chuva na mão. Mas as nuvens começavam a se afastar.

— Parece que vão para o Norte — comentou Nancy, examinando o céu. — Eu sabia disso, mas dona Poli quis que eu viesse buscá-la mesmo assim. Dona Poli está aborrecida por sua causa.

— Está? — murmurou Poliana, ainda com os olhos nas nuvens.

Nancy percebeu como ela estava distraída.

— A senhora nem ouviu o que falei — observou queixosa. — Eu disse que dona Poli estava aborrecida com a senhora.

— Ah — suspirou Poliana voltando à realidade. — Pois sinto muito. Não tive a menor intenção de aborrecê-la.

— E com isso fiquei muito contente — declarou Nancy de um modo inesperado. — Muito, muito contente!

— Contente dela estar aborrecida comigo? Está errada, Nancy. Não é assim que se joga o jogo. Onde já se viu, ficar contente com uma coisa dessas!

— Não é jogo, não, dona Poliana. Não pensei no jogo. A senhora parece não compreender o que significa o fato de dona Poli se aborrecer por sua causa, menina!

— Se aborrecer significa aborrecer-se e ficar aborrecida, seja lá pelo que for, é horrível. O que mais poderia significar?

— Vou dizer. Significa que ela está agora mais humana, está criando coração, como as outras pessoas. Já não é o tal do dever o tempo inteiro.

— Como, Nancy? — perguntou Poliana chocada. — Tia Poli sempre cumpre o seu dever — disse, repetindo a expressão de seu Pendleton.

Nancy deu uma risada alta.

— Ah, isso é mesmo! Mas está agora diferente, depois que a senhora veio.

— Era o que eu ia perguntar, Nancy — disse Poliana com a testa franzida. — Você acha que tia Poli gosta de me ter como companhia? Será que ela ficaria aborrecida se eu fosse para outro lugar?

Já havia muito tempo que Nancy esperava essa pergunta e com preocupação, pois não saberia como responder sem chocar a menina. Mas agora, diante de novos fatos, como aquele de mandá-la ao seu encontro com o guarda-chuva, Nancy até ficou satisfeita de ser perguntada. Estava certa de que podia dar uma resposta que não faria mal ao coração de Poliana.

— Se gosta de ter a senhora em sua companhia? Se sentiria falta da senhora, caso se fosse? — repetiu a moça com voz vibrante. — Nem pergunte! Pois ela não me mandou correndo com o guarda-chuva, só porque viu uma nuvem no céu? Não a fez se mudar para baixo, para que a senhora tivesse as coisas que desejava? Ah, quando a gente compara a dona Poli de hoje com aquela do começo, que até odiava....

Nancy tossiu para corrigir uma frase que já estava indo longe demais.

— E há ainda muitas outras coisas que mostram como a senhora foi amansando dona Poli e melhorando o coração dela, o caso do gatinho e do cachorro, por exemplo, e tantos outros. Nem preciso responder, dona Poliana, se ela sentiria a sua ausência na casa — terminou a moça com entusiasmo, de tanta certeza que tinha.

Apesar disso, não contava com a repentina alegria que viu se espalhar no rosto da menina.

— Ah, Nancy! Estou tão contente! Tão, tão, tão contente! Você nem calcula o prazer que sinto em saber que tia Poli me quer de coração!

"Deixá-la agora? Impossível!", foi pensando Poliana, enquanto ia para seu quarto. "Sempre reconheci que devia viver com ela, mas ignorava que ela quisesse viver comigo. Agora sei..."

Informar sua decisão final a seu Pendleton não foi nada fácil, e a menina estava muito mexida. Gostava muito de John Pendleton e sentia um pouco de pena, principalmente porque ele sentia muita pena de si mesmo. Aquela vida solitária tinha o deixado bastante infeliz, e tudo por ter amado demais sua mãe. E na imaginação retraçou o quadro da velha casa, quando o homem sarasse e voltasse à vida antiga, outra vez solitário, sem ninguém para ajudá-lo, sozinho naqueles cômodos silenciosos e cobertos de pó. Se ele encontrasse... Se encontrasse alguém que... E neste ponto Poliana deu um grito de alegria. Havia achado a solução.

Febril com a nova ideia, correu logo que pode à procura do homem. Na grande biblioteca, os dois se sentaram e puderam conversar à vontade.

— Então, Poliana, está resolvida a vir jogar o jogo do contente comigo, pelo resto da vida? — perguntou ele ansiosamente.

— Sim — gritou a menina. — Pensei muito nisso e descobri com quem o senhor pode ser feliz.

— Só com você, Poliana. Você sabe muito bem.

— Não; só comigo, não. Há mais gente no mundo.

— Poliana, pelo amor de Deus, não me desiluda. Não me diga não! — implorou ele.

— Eu... eu tenho de dizer não, seu Pendleton. Já declarei que pertenço à minha tia.

— Ela não deixou você vir?

— Nem falei ainda, não será necessário.

— Poliana!

A menina baixou os olhos, não conseguia suportar a expressão de dor que via no rosto do seu amigo.

— Eu não consegui, seu Pendleton. De verdade, não consegui — balbuciou ela. — Mas tive a resposta sem fazer a pergunta. E, além disso, eu também quero ficar com ela — confessou Poliana corajosamente. — O senhor não sabe como ela tem sido boa para mim... E também já está começando a jogar o jogo do contente sem nem perceber. Ela, que nunca ficava contente com coisa nenhuma, como o senhor bem sabe. Ah, seu Pendleton, eu não posso deixar tia Poli agora!

Houve uma longa pausa. Apenas o estalar da lenha na chaminé rompia o silêncio. Por fim, o homem falou.

— Sim, Poliana, você não pode abandoná-la agora. Não insistirei mais.

Essa última frase foi dita em uma voz tão baixa que a menina mal ouviu.

— Mas o senhor não sabe o melhor de tudo — recomeçou Poliana, entrando na segunda parte. — A melhor coisa possível, juro!

— Não para mim, Poliana.

— Sim, para o senhor, seu Pendleton! Lembra que disse que apenas a mão de uma mulher ou a presença de uma criança poderia transformar essa casa triste em um lar? Um ou outro, foi o que disse. Pois bem, eu arranjei o outro, a presença de uma criança, não eu, mas outra.

— Como se eu fosse aceitar qualquer outra criança além de você, Poliana! — murmurou o homem com ternura.

— Mas o senhor vai, sim. O senhor é de muito bom coração. Vi isso com os prismas que deu à dona Snow, com a moeda que deu à Nancy e com todo o dinheiro que está economizando para salvar a alma dos pagãos.

— Poliana! — interrompeu o homem já furioso. — Pare com essas bobagens, já pedi mil vezes! Não há dinheiro nenhum para os pagãos. Nunca dei um trocado sequer em toda a minha vida, essa é a verdade!

E seu Pendleton ergueu orgulhosamente a cabeça e deixou Poliana ainda mais chocada. Para seu espanto, porém, não viu decepção nenhuma no rosto da menina, apenas um alegre ar de surpresa.

— Ah! — exclamou ela, batendo palmas. — Estou tão contente de que o senhor não precise procurar meninos da Índia para fazer caridade, como as tais moças da Sociedade Beneficente daqui! Porque assim poderá ficar com Jimmy Bean. Agora estou certa de que o senhor ficará com ele.

— Com quem?

— Jimmy Bean. Ele é a "presença de uma criança" que o senhor tanto quer, e fico muito contente disso! Preciso contar para ele na próxima vez que nos virmos que nem as damas lá da minha Sociedade Beneficente o querem, e o coitado vai ficar bem triste. Mas como ficará feliz quando souber que o senhor vai recebê-lo aqui!

— Ficará feliz, é? — murmurou o homem sarcasticamente. — Pois fique sabendo que não quero esse tal de Jimmy coisa nenhuma. Que absurdo, Poliana!

— Quer dizer que não o aceita em sua casa?

— Claro que não.

— Mas ele será a "presença de uma criança"! — exclamou Poliana, implorando e quase em lágrimas. — Além disso, o senhor não pode continuar sozinho, e com Jimmy não ficará sozinho.

— Não duvido — declarou o homem. — Mas prefiro a minha solidão.

Nesse momento Poliana, pela primeira vez em semanas, lembrou-se de algo que Nancy havia dito e ergueu a cabeça em atitude de desafio.

— Quer dizer que para seu Pendleton um lindo menino vivinho vale menos que um velho esqueleto morto que o senhor tem aqui? Pois para mim é o contrário.

— *Um esqueleto?*

— Sim. Nancy me contou que o senhor tem um esqueleto no armário.

O homem não se aguentou. Caiu para o espaldar da poltrona e riu como nunca. Riu com tanto gosto que Poliana começou a chorar de nervosa. Ao ver isso, Pendleton cortou bruscamente aquele acesso de alegria.

— Poliana, acho que você tem razão, mais razão do que pensa. De fato, compreendo agora que "um menino vivo" vale muito mais que um esqueleto, que "o esqueleto que tenho no armário". A questão é que a gente nem sempre pode fazer essa troca. Em todo o caso, imagino que devo saber mais alguma coisa dessa criança. Fale.

Poliana contou tudo o que sabia de Jimmy.

Parece que aquele acesso de riso havia clareado a atmosfera ou então a eloquência da menina ao descrever as desgraças de Jimmy de fato abalara o coração do homem. O caso foi que, quando Poliana saiu, levava um convite para Jimmy. Pendleton queria que viessem ambos no próximo sábado.

— Ah, estou tão contente. E tenho certeza de que o senhor vai ficar contentíssimo com ele! — murmurou ela ao se despedir. — Preciso que Jimmy tenha um lar, uma pessoa que cuide dele, o senhor sabe...

22

SERMÕES E CAIXA DE LENHA

No dia em que Poliana falou a seu Pendleton sobre Jimmy Bean, o reverendo Paul Ford subiu a colina e entrou na floresta, esperançoso de que a tranquilidade da natureza acalmasse o tumulto de sua alma.

O reverendo Ford sofria do coração e de mês a mês, já há um ano, as condições em sua paróquia pioravam, e parecia que nada do que fizesse resolveria. A inveja, o ciúme, o escândalo e o desencadeamento das paixões haviam inutilizado todos os seus esforços de paz e harmonia. Nada adiantava.

Dois dos diáconos estavam a ferro e fogo por causa de uma coisa insignificante. Três das mais esforçadas damas da Sociedade Beneficente haviam se retirado por causa de fofocas. O coral ficara uma confusão devido a um solo dado a certa cantora. Até a Sociedade do Esforço Cristão estava um problema que só, em consequência das críticas de dois dos seus diretores. A Escola Dominical também se mostrava agitada e enfraquecida com a demissão de dois dos seus melhores elementos.

Sob a copa das árvores, o reverendo meditava. A seu ver, não tinha mais como piorar, e algo de decisivo precisava ser feito imediatamente, senão todos os trabalhos da igreja ficariam paralisados. Algo tinha de ser feito. Mas o quê?

O reverendo tirou do bolso as notas escritas para o próximo sermão e as releu. Ensaiou o sermão, e, se árvores tivessem ouvidos, se espantariam com a força daquela oratória dirigida a elas, visto que só existiam árvores na floresta. Mas o silêncio — ou a indiferença com que as árvores recebiam o ensaio geral do sermão — deu ao padre uma vívida representação do que aconteceria no próximo domingo, com a audiência humana que esperava ter.

— Seus paroquianos! Seu rebanho! — Será que poderia falar com eles como fazia ali na floresta? Será que teria coragem de usar aquela sagrada indignação?

Já havia rezado muito, pedindo aos céus que o guiassem no caminho certo para a solução da crise. Mas será que a agressividade daquele sermão era o caminho certo? O reverendo não tinha certeza.

Calou-se. Dobrou os papéis e os meteu no bolso. Depois, com um suspiro que era quase um gemido, sentou-se na base de um tronco e escondeu o rosto entre as mãos.

Foi assim que Poliana, enquanto voltava para casa, encontrou-o. Deu um grito ao vê-lo e correu ao seu encontro.

— Ah, seu Ford! O senhor também quebrou a perna? — exclamou com angústia na voz.

O ministro tirou as mãos do rosto e tentou sorrir.

— Não, minha cara. Estou apenas descansando.

— Ah! — suspirou a menina com alívio. — Que susto, meu Deus! O senhor sabe, seu Pendleton estava de perna quebrada quando o encontrei, mas tinha deitado de costas. O senhor, percebi agora, está apenas sentado.

— Sim, estou sentado e não quebrei nenhuma perna, dessas que os doutores engessam... — Essas últimas palavras foram ditas em voz baixa, e a menina quase não ouviu.

Mas, mesmo assim, um ar de simpatia lhe iluminou as feições.

— Sei o que quer dizer, reverendo. Alguma coisa séria o está aborrecendo muito. Meu pai costumava ficar com essa expressão no rosto quando ficava angustiado. Os ministros, eu sei, sempre vivem angustiados. Têm tanta coisa para se preocupar esses coitados!

O reverendo encarou-a com ar de surpresa.

— Seu pai foi ministro, Poliana?

— Sim, reverendo. Não sabia? Pensei que todos soubessem. Ele era casado com uma irmã de minha tia Poli.

— Compreendo agora. É que estou aqui não faz muito tempo e não conheço toda a história das famílias.

Houve uma pausa comprida. O ministro, ainda sentado ao pé da árvore, pareceu se esquecer da presença de Poliana. Tirara de novo uns papéis do bolso e olhava-os; mas com a cabeça distante e o espírito longe dali. Na verdade, sua atenção estava sobre uma folhinha seca do chão, uma folhinha que morrera antes do tempo. Poliana ficou com muita pena dele.

— Está... está fazendo um belo dia, não? — começou ela de novo.

Não obteve resposta durante uns segundos; depois o ministro pareceu ter acordado de um sonho.

— Como é? Ah, sim, o dia. Está um belo dia, sim.

— E não está nem um pouco frio, apesar de já ser outubro, não é? — observou a menina com mais esperança de resposta. — Seu Pendleton acendeu hoje a lareira, mas disse que nem era necessário. Só para ver as chamas. Eu também gosto de ver o fogo, e o senhor?

Dessa vez, não veio nenhuma resposta, por mais que a menina a esperasse. Por fim, desanimada, tentou outro caminho.

— O senhor gosta de ser ministro, reverendo?

Dessa vez o pastor ergueu os olhos.

— Se eu gosto? Que pergunta difícil de responder! Por que você me pergunta, menina?
— Nada. Por causa do seu estado, do seu modo de olhar. Meu pai tinha esse mesmo modo de olhar, muitas vezes.
— Tinha — foi tudo que o ministro respondeu, num tom educado, e os seus olhos se desviaram de novo para a folhinha seca.
— Eu costumava perguntar, como perguntei ao senhor, se ele gostava de ser ministro.
— E ele respondia? — indagou o reverendo, sorrindo com conformidade.
— Ah, sempre respondia sim; outras vezes, porém, diria que, se não fossem os textos alegres, jamais seria ministro.
— Como é? — E os olhos do reverendo deixaram a folhinha para se fixarem no rosto contente de Poliana.
— Era como meu pai costumava chamar. Na bíblia não é esse o nome. Mas todos esses trechos começam com "alegria". "Sê contente no senhor", ou "Rejubila-te", ou "Salta de alegria" e por aí vai, o senhor deve conhecer mais do que eu. Uma vez papai estava muito doente e para se distrair na cama contou oitocentos trechinhos desses.
— Oitocentos!
— Sim, oitocentos trechos que mandam a gente ficar alegre. Era o que meu pai chamava de "os textos alegres".
Os olhos do ministro caíram sobre o papel que tinha nas mãos, o qual começava assim: "A maldição eterna desça sobre vós, escribas, fariseus e hipócritas!".
— Então o seu pai gostava desses textos, não? — murmurou ele.
— Sim — afirmou Poliana com ênfase. — Costumava dizer que se sentiu muito melhor desde o dia em que começou a catá-los da Bíblia. Também dizia que, se Deus teve o trabalho de nos lembrar da alegria por oitocentas vezes, era porque desejava que fôssemos alegres. E papai teve vergonha do tempo em que não era alegre. Passou a se contentar com tudo e a ser muito feliz. E tirava dos textos um grande conforto, quando as damas da Sociedade Beneficente começavam a brigar, quer dizer, quando entravam em desacordo — corrigiu-se a menina. — E foi por causa desses textos que meu pai inventou o "jogo do contente". Pelo menos foi dali que tirou a ideia. As muletinhas só serviram de pretexto.
— E como é esse jogo? — perguntou o ministro.
E uma vez mais Poliana contou aquela história, dessa vez a um homem que a ouviu com toda a paciência, com ternura nos olhos e uma grande compreensão na alma.
Logo depois desceram o morro de mãos dadas. O rosto da menina irradiava. Aquele assunto do jogo era na realidade inesgotável. No final da colina tiveram que se despedir; Poliana tomou um caminho; e o ministro, outro.
Ao chegar a casa, o ministro foi para o escritório, onde se pôs a refletir. Sobre a mesa havia muitas folhas de papel manuscritas, as notas para o próximo sermão. Mas o ministro não estava pensando, nem no que havia escrito, nem no que pretendia escrever. Estava pensando num ignorado missionário de uma cidadezinha do Oeste, pobre, doente, atribulado e quase só no mundo, mas que percorria a Bíblia inteira para contar quantas vezes o Senhor lhe havia dito para "rejubilar-se e ficar contente".
Depois de algum tempo, com um suspiro profundo, o reverendo Paul Ford se levantou e voltou da cidadezinha do Oeste para aquela em que morava. Ia começar a escrever o novo sermão. Nisto seus olhos caíram sobre uma revista que a esposa deixara aberta sobre a mesa. Leu por acaso um parágrafo; leu outro e acabou lendo tudo.
"Um pai, certa vez, disse ao seu filho Tom, que havia se recusado a encher a caixa de lenha para a mãe, pela manhã: 'Tom, tenho certeza de que você sentirá prazer em juntar um pouco de lenha para sua mãe'. Tom, sem dizer nada, saiu e trouxe a lenha. Por quê?

Justamente porque seu pai deu a entender de modo claro que esperava dele uma ação boa. Suponham que esse pai dissesse: 'Tom, ouvi dizer que você se recusou a trazer lenha para sua mãe e estou envergonhadíssimo disso. Vá já e encha a caixa'. Garanto que a caixa de lenha estaria sem nada dentro até agora."

O ministro leu isso e logo adiante leu outro pedaço assim:

"O que as criaturas querem é encorajamento. Em vez de censurar constantemente os defeitos de um homem, falai às suas virtudes. Procurai tirá-lo do rumo dos maus hábitos. Sustentai, fortificai o melhor do seu eu, a parte boa que não ousa ou não pôde ainda se manifestar. A influência de um belo caráter é contagiosa e pode revolucionar uma vida inteira... As criaturas irradiam o que trazem no cérebro e nos corações. Se um homem se mostra gentil e serviçal, os vizinhos pagarão na mesma moeda e com juros... Quem procura o mau, esperando encontrá-lo, certamente o encontrará. Mas quando alguém procura o bom, sempre o encontra... Diga ao teu filho Tom que sabes que ele ficará contente de encher a caixa de lenha para sua boa mãe e veja como Tom parte satisfeito e interessado no serviço."

O ministro deixou cair a revista e pôs-se a andar para lá e para cá pela sala, de mãos às costas. De vez em quando suspirava e, por fim, sentou-se de novo à mesa.

— Deus que me ajude! Vou tentar! — exclamou animadamente. — Direi aos meus Tons que sei que eles ficarão muito contentes de encher a caixa de lenha. Vou lhes dar o trabalho a fazer e os deixarei tão cheios de alegria que não terão tempo de olhar para a caixa de lenha dos vizinhos.

Em seguida, tomou as notas já escritas, rasgou-as e jogou-as para o ar, de modo que, no chão, de um lado da cadeira, se podia ler: "A maldição eterna desça sobre vós..." e do outro lado: "... escribas, fariseus e hipócritas", enquanto sobre o papel em branco sua pena ia traçando os primeiros parágrafos do novo sermão.

Foi assim que o reverendo Paul Ford pronunciou no domingo um sermão famoso, um verdadeiro toque de clarins em apelo ao que havia de melhor no íntimo de cada homem, de cada mulher e de cada criança que o ouviu. Não era mais o ministro antigo. Poliana tinha feito nascer um outro, que se sentia feliz e pregava felicidade aos ouvintes surpresos.

23

O ACIDENTE

A pedido de dona Snow, Poliana foi ao consultório do doutor Chilton pedir o nome de um remédio que ela havia esquecido, e era a primeira vez que via o interior do seu gabinete.

— É aqui a sua casa, doutor? — indagou ela, olhando cheia de curiosidade para tudo o que havia ali.

O doutor sorriu com resignada tristeza.

— Sim, é tudo que tenho. Como vê, não se trata de um lar, apenas de cômodos, quartos e salas.

— Eu sei. É preciso a mão de uma mulher e a presença de uma criança para fazer um lar. — E seus olhos brilharam de compreensão simpática.

O doutor admirou-se de tanta sabedoria.

— Foi seu Pendleton quem me disse isso. Por que o senhor não arranja a mão de uma mulher e uma "presença de criança", doutor Chilton? Se quiser, poderá receber aqui Jimmy Bean, caso falhe a proposta que fiz a seu Pendleton.

O doutor sorria, mas com certo constrangimento.

— Então seu Pendleton acha que são necessárias uma mulher e a presença de uma criança para constituir um lar! — repetiu ele evasivamente.

— É claro. O senhor disse que a sua casa não passa de casa, não chega a ser lar. Por que, doutor Chilton, não transforma a sua casa em lar?

— Por quê? A pergunta é difícil de responder...

— Sim, por que não arranja a mão de uma mulher e um coração... Ah, esqueci de dizer. — E o rosto da menina mudou de expressão com a chegada de uma nova ideia. — Esqueci de contar que não era seu Pendleton o antigo namorado de tia Poli e por isso nós não vamos mais, as duas, viver lá. Sei que garanti que tinha sido ele o antigo namorado, mas errei, e tudo por causa da teima de Nancy. Espero que o senhor não o tenha contado a ninguém

— Não disse a ninguém, Poliana, pode ficar tranquila.

— Fico muito contente, porque o senhor foi a única pessoa neste mundo a quem contei a história, e seu Pendleton achou até graça quando ficou sabendo.

— Achou? — exclamou o doutor, mordendo o lábio.

— Sim. Mas por que motivo, doutor, não arranja a mão de uma mulher e uma presença de criança? Responda.

Houve um momento de silêncio e depois o doutor disse, com uma voz grave:

— Não é fácil, menininha. Não é só ir arranjando, como se arranjam as coisas vendidas nos armazéns.

Poliana franziu a testa.

— Pois eu acho que posso conseguir isso, as duas coisas! Quer?

— Obrigado — respondeu o doutor sorrindo; e acrescentou: — Tenho receio de que as suas irmãs mais velhas, Poliana, não se mostrem tão... tão acessíveis como você supõe. Pelo menos não se mostraram até aqui.

A menina arregalou os olhos, tomada de surpresa.

— Quer dizer, doutor Chilton, que o senhor já tentou conseguir essa mão e esse coração, como seu Pendleton, e não obteve?

— Já chega, Poliana. Não pense mais nisso. Não deixe que as infelicidades alheias preocupem essa cabecinha. Volte para a casa de dona Snow, aqui está, neste papel, o nome do remédio que ela quer. Há mais alguma coisa?

A menina fez que não com a cabeça.

— Mais nada, doutor — murmurou ela em seguida, um tanto desapontada, dirigindo-se para a porta.

De repente parou, já com a expressão feliz de sempre.

— Em todo o caso, doutor Chilton, fico bem contente de que não tenha sido a mão de minha mãe a que o senhor quis e não obteve. Até logo.

Foi no último dia de outubro que o acidente ocorreu. Poliana, ao voltar da escola, foi atropelada por um automóvel no momento em que atravessava a rua.

Ninguém soube ao certo como o desastre aconteceu. Mas, às cinco horas, desacordada em seu quartinho, a menina estava sendo despida por dona Poli, horrivelmente pálida, e por Nancy em lágrimas, enquanto, chamado pelo telefone, o doutor Warren vinha da cidade a toda velocidade.

— E nem precisava olhar para a cara de dona Poli — dizia logo depois a Nancy a seu Tom no jardim (o médico já havia chegado e examinava a menina) — para ver que não era mais o tal dever que a governava. Os olhos de uma pessoa não olham daquele jeito nem as mãos ficam tão firmes, como para barrar a entrada do Anjo da Morte, quando essa pessoa está agindo apenas pelo dever. Não, Seu Tom, não e não!

— Ficou muito machucada? — perguntou o velho com voz trêmula.

— Não temos como saber — soluçou Nancy. — Está sem sentidos e tão branquinha que não há como dizer se vive ou se morreu. Só o doutor. Dona Poli diz que está viva, e deve saber, porque esteve uma porção de tempo com o ouvido no peitinho dela, escutando o coração.

— Não sabe o que o médico está fazendo?

— Qualquer coisa boa e forte. Eles têm conhecimento. Malvados! Pensar que atropelaram a nossa menina! Sempre tive ódio dessas máquinas fedorentas de gasolina que andam feito loucas pelas ruas. Sempre, sempre.

— Em que parte do corpo está ferida?

— Não sei, não sei — gemeu Nancy. — Há um pequeno corte naquela abençoada cabecinha, mas não muito grave, disse dona Poli. Ela tem medo de que ela esteja ferida infernalmente.

Um imperceptível brilho perpassou pelos olhos do jardineiro.

— Creio que você quer dizer "internamente", Nancy. Ela foi na realidade infernalmente ferida. Malditos sejam os automóveis! Mas acho que dona Poli não usou essa expressão.

— É isso? Não sei, não sei — gemeu Nancy de novo, meneando a cabeça. — Parece que nem suportar a espera do doutor eu consigo. Quero que ele saia do quarto, feito um juiz, com a sentença. Só queria ter hoje muita roupa para lavar, um montão, para cansar o corpo e esquecer — murmurou a moça entre soluços, retorcendo as mãos.

Mesmo depois de o médico sair, Nancy pouco pôde dar novas informações ao velho Tom. Parecia não haver ossos quebrados, e o corte da cabeça era de pouca importância, mas a cara do doutor não parecia nada boa. Saiu balançando a cabeça e dizendo que só o tempo é que poderia dar opinião no assunto. Depois que se retirou, dona Poli estava com o rosto ainda mais pálido e apreensivo do que antes. A menina ainda não recobrara os sentidos, embora parecesse estar em um repouso calmo. Uma enfermeira diplomada fora chamada e chegara à noitinha. Era tudo que Nancy sabia.

Foi na manhã do dia seguinte que Poliana abriu os olhos e compreendeu o que tinha acontecido.

— Então, tia Poli, o que foi que aconteceu? — havia perguntado. — Já é de noite? Ah, tia Poli! Não consigo levantar e nem me mexer — gemeu ela na primeira tentativa que fez para se sentar.

— Não, minha cara, não tente se mexer por enquanto — respondeu a tia.

— Mas que aconteceu? Por que não posso levantar?

Os olhos de dona Poli ergueram-se agoniados para a moça que estava junto à janela, fora do alcance dos olhos da menina. A enfermeira disse com a cabeça que sim, que podia contar tudo.

Dona Poli pigarreou para limpar a garganta e vencer o nó que lhe embaraçava a voz.

— Você foi ferida, minha cara, por um automóvel, ontem à tarde. Mas não precisa se preocupar com isso agora. Sua tia quer que você descanse e durma de novo.

— Ferida? Ah, sim, agora me lembro que corri... — E os olhos de Poliana encheram-se de pavor; sua mão foi até a testa e ela disse: — Aqui! Estou ferida aqui na testa...

— Sim, querida, mas não é nada. Descanse. Durma que fará bem.

— Mas, tia Poli, eu estou me sentindo tão... tão esquisita e tão mal! Minhas pernas estão... esquisitas. Parece que não sentem nada!...

Com um olhar de súplica para a ajudante, dona Poli se levantou e foi para a janela. A enfermeira veio ocupar o seu lugar.

— Que tal conversarmos um pouco? — começou a moça, dando inflexão de alegria à voz. — Já é hora de nos tornarmos conhecidas, e vou me apresentar. Sou dona Hunt e vim ajudar sua tia a tratar da senhora. E a primeira coisa que tenho a pedir é que engula estas pequenas pílulas brancas.

Os olhos de Poliana se arregalaram.

— Mas eu não quero que tomem conta de mim, que me tratem! Quero me levantar! Quero ir à escola! Posso ir à escola amanhã?

Da janela onde estava dona Poli, veio um gemido abafado.

— Amanhã? — sorriu a enfermeira. — Ainda não, minha menina. Creio que não devo deixá-la ir tão cedo à escola. Mas tome estas pílulas para ver o que elas fazem.

— Tomo, sim — concordou Poliana —, mas eu tenho de ir à escola depois de amanhã, para os exames, a senhora sabe.

Mais tarde a doentinha falou de novo. Falou da escola, do automóvel e da dor que sentia na cabeça, mas em breve sua voz baixou sob a influência sedativa das pílulas.

24

JOHN PENDLETON

No dia seguinte, Poliana não foi para a escola nem no dia após o dia seguinte. Ela, entretanto, não percebeu, exceto nos breves instantes de lucidez que aconteciam hora ou outra. Só depois de uma semana foi que conseguiu entender por completo a desgraça que havia acontecido; a febre começou a cair, e seu espírito voltou ao normal. Soube então do acidente com todos os detalhes.

— E os do automóvel, não ficaram feridos? Que bom. Posso ficar contente com isso.

— Contente, Poliana? — perguntou sua tia, que estava sentada ao seu lado.

— Sim. Eu prefiro ter as pernas quebradas, como seu Pendleton, a ser inválida pela vida inteira como dona Snow, a senhora sabe. Pernas quebradas se consertam, mas os inválidos não saram nunca.

Dona Poli, que nada havia dito sobre pernas quebradas, levantou-se de repente e foi para a pequena penteadeira do quarto, onde ficou pegando um objeto e outro, de um jeito bem indeciso que não lhe era muito comum. Estava com o rosto bastante abatido e pálido.

A menina piscava da cama para as cores irrequietas que um prisma pendurado à janela lançava no forro.

— Fico muito contente de que não seja varíola o que eu tenho — murmurou de repente, rindo. — Varíola é pior ainda que sarda. Também fico muito contente de que não seja tosse comprida, conheço essa peste! E também de não ser apendicite nem catapora, porque catapora pega e, se fosse catapora, eu teria que ficar aqui sozinha.

— Como você está contente hoje, minha cara! — balbuciou dona Poli, levando a mão à garganta como se estivesse estrangulada.

A menina sorriu e respondeu:

— Estou, sim. Estive pensando em montes de doenças, enquanto olhava a brincadeira das cores do prisma no forro. Gosto de arco-íris. Foi tão bom que seu Pendleton me desse os pingentes! Estou contente ainda de muita coisa que não disse, e quase que estou contente de ter sido atropelada pelo automóvel.

— Poliana!

A menina sorriu de novo, daquele jeitinho todo especial, com os olhos luminosos voltados para a tia.

— Sim, sim! Desde que fui atropelada, a senhora começou a me chamar de "minha cara", uma palavra que nunca ouvi antes. Gosto de ser chamada de "cara", mas por gente de casa, por parentes, como a senhora. Certas damas lá da minha Sociedade Beneficente usavam também essa expressão, e era muito gentil da parte delas; mas com a senhora é diferente, vale muito mais. Ah, fico tão alegre quando me lembro de que a senhora é minha tia!

Dona Poli não respondeu. Tinha ainda a mão na garganta e os olhos marejados de lágrimas. De repente, fugiu do quarto, ao ver que a enfermeira vinha entrando.

Foi nesse dia, à tarde, que Nancy correu para o velho Tom, que estava polindo arreios na cocheira. Os olhos da moça tinham uma expressão de assombro.

— Seu Tom, seu Tom, adivinhe o que aconteceu! — disse ela ao chegar, ainda arquejando. — Adivinhe, se for capaz. Dou-lhe mil anos!

— Se me dá mil anos para adivinhar, então fácil não deve ser. Vou desistir, até mesmo porque, velho desse jeito, devo viver por mais uns dez. É melhor ir contando logo, dona Nancy, sem mais delongas.

— Pois então ouça. Quem o senhor imagina que está na sala de visitas com a patroa? Quem? Diga!

O velho Tom meneou a cabeça.

— Não sei dizer. Não sou desses mágicos que enxergam através das paredes.

— Não sabe mesmo. Nem que morresse de tanto pensar. Seu Pendleton...

— Para, para. Você está caçoando, Nancy. Impossível.

— É verdade. De muleta e tudo. O homem que não falava com ninguém, que não visitava ninguém. O "pancada", o malcriado, o homem do "escaleto" no armário. Pense nisso, seu Tom, pense em seu John Pendleton visitando dona Poli!

— E por que ele não a visitaria? — observou o velho, que não via impedimentos para aquela visita.

Nancy olhou-o de um modo que dizia mil coisas.

— Ah! Como se o senhor não soubesse mais do que eu...

— Eu?

— Ah, não faça cara de inocente — disse a moça em tom de falsa indignação. — Foi o senhor mesmo quem me pôs na pista do grande segredo.

— Que história é essa, moça? Não estou entendendo nada.

Nancy deu uma cautelosa olhadela ao redor e se aproximou do ouvido do velho.

— Escute. Não foi o senhor quem disse, naquele dia, que dona Poli tinha tido um namorado? Pois muito bem: eu fui ligando os acontecimentos e descobri por mim mesma quem era o tal sujeito!

Com um gesto de decepção, o velho Tom sorriu e voltou ao serviço.

— Se quer conversar comigo, trate de ter senso — declarou ele. — Estou muito velho para ouvir bobagens.

Nancy riu

— Bom, é o seguinte, seu Tom: ouvi umas coisas que me fizeram achar que ele e a dona Poli eram namorados.

— O seu Pendleton?

Seu Tom chegou até a se levantar.

— Pois é. Agora eu sei que não foi assim. Era pela abençoada mãe daquela menina que ele era apaixonado, e foi por isso que... enfim, essa parte não importa. — Aqui teve um fingido acesso de tosse, pois lembrou que Poliana contara tudo sob promessa de não espalhar a história para mais ninguém. E mudou de rumo. — Andei preocupada com isso, seu Tom, perguntando aqui e ali, e fiquei sabendo que ele e dona Poli tinham sido amigos nos velhos tempos, e que depois passou a detestá-lo por causa de uns boatos quando ela tinha uns dezoito ou vinte anos.

— Disso eu lembro — confirmou o velho. — Foram três ou quatro anos depois que dona Jennie dispensou o amor de seu Pendleton e se casou com outro, o pai de dona Poliana. Dona Poli sabia do amor de seu Pendleton, teve dó e procurou ser amável com ele. Talvez ela tenha sido amável demais, e isso porque odiava o tal ministro que levara dona Jennie. Começaram então as fofocas. Diziam as más línguas que dona Poli andava caçando seu Pendleton.

— Caçando um homem! Ela? Mas que absurdo.

— Eu sei. Mas era o que as más-línguas espalhavam — continuou Tom —, e nenhuma garota correta aturaria um desaforo desses. Por causa das fofocas, veio o término com o verdadeiro namorado. Desde então, dona Poli se fechou como uma ostra e não quis saber de mais ninguém. Azedou até ao fundo da alma.

— Ah! Está tudo claro agora — exclamou Nancy —, e foi por isso que eu quase caí dura quando vi seu Pendleton na porta, à espera da criatura com a qual não falava há anos. Levei o homem até a sala e corri cá para lhe contar o caso, seu Tom.

— O que ela disse quando você anunciou seu Pendleton?

— Nada, no começo. Ficou tão muda que até pensei que não tinha me ouvido. Eu já estava quase repetindo o anúncio, quando me respondeu: "Diga a seu Pendleton que descerei num momento". E eu vim cá, correndo, contar a novidade, seu Tom — concluiu Nancy, com um novo olhar ao redor.

— Hum! Hum! — resmungou o velho, voltando ao seu serviço sem mais palavras.

Na cerimoniosa sala de visitas da casa dos Harrington, seu John Pendleton não teve de esperar muito tempo; logo um ruído de passos anunciou a aproximação da dona da casa. Seu John tentou se levantar da poltrona, mas foi detido por um gesto de dona Poli para que ficasse à vontade. Não houve apertos de mão, e o rosto da grande dama transmitia certa indiferença.

— Vim fazer uma visita à dona Poliana — disse ele um tanto bruscamente.

— Obrigada. Poliana vai indo na mesma — respondeu dona Poli.

— Não pode me dizer qual o estado dela? — insistiu o homem, já com a voz menos firme.

Uma sombra de amargura passou pelas feições de dona Poli.

— Não posso, e bem que queria!

— Quer dizer que a senhora não sabe?

— Isso mesmo.

— Mas... o doutor? O que ele disse?

— O doutor Warren também não sabe muito bem. Está agora em correspondência com um especialista de Nova York, com o qual vai ter um encontro aqui.

— Mas... quais são os ferimentos que foram constatados?

— Um corte na cabeça, coisa leve; várias contusões e alguma coisa na espinha, que parece ser a causa da paralisia dos membros inferiores.

Um gemido irrompeu na sala, um gemido abafado, vindo do fundo do coração. Fez-se penoso silêncio, e então Seu Pendleton perguntou:

— E Poliana? Como recebeu isso?

— A coitadinha não entendeu o que aconteceu de verdade. Não posso me abrir com ela. Não posso!

— Mas é preciso. Ela precisa saber toda a verdade.

Dona Poli levou a mão à garganta, naquele gesto ultimamente tão repetido.

— Ah, sim. Já sabe que não pode se mexer, mas pensa que está com as pernas quebradas. E diz que está contente com isso, pois é muito melhor ter as pernas quebradas do que ficar inválida por toda a vida, como dona Snow. Fala disso o tempo inteiro e me corta o coração.

Apesar de ter os olhos cheios de lágrimas, seu Pendleton pôde ver como o rosto de dona Poli estava marcado por uma mágoa imensa. Involuntariamente seus pensamentos voltaram-se para o passado, para a conversa em que Poliana confessara não poder aceitar o seu convite: "Ah, não posso deixar tia Poli agora!". E foi a lembrança disso que o fez dizer com toda a lealdade, logo que conseguiu se controlar:

— Não sei se a senhora sabe, dona Harrington, mas fiz tudo para que Poliana fosse morar comigo.

— Com o senhor? Poliana?...

O homem piscou várias vezes, mas manteve a voz calma.

— Sim. Eu queria adotá-la como filha e deixá-la como minha única herdeira.

Dona Poli ficou um tanto deslumbrada, pensando no brilhante futuro que a sobrinha teria com uma adoção e, lá no fundo, chegou a se questionar se Poliana tinha idade e era interesseira o bastante para ficar tentada por aquela maravilhosa perspectiva.

— Gosto muito de Poliana — continuou seu Pendleton. — Gosto dela duas vezes, por Poliana em si e por ser filha de quem é. Era meu sonho dedicar à Poliana todo o imenso amor que conservei oculto comigo durante vinte e cinco anos.

Amor...

De repente, dona Poli se lembrou das razões pelas quais tinha recebido aquela menina e depois relembrou as palavras de Poliana pela manhã: "Gosto de ser chamada de 'cara', mas por gente de casa, por parentes, como a senhora". E era aquela menina necessitada de afeição que tinha recebido a oferta de um amor acumulado por vinte e cinco anos. Como coração apertado, compreendeu tudo, afinal. E também compreendeu outra coisa, a tristeza que seria sua vida sem Poliana ao lado.

— E então? — exclamou ela, e o homem viu como ela estava se controlando para receber o fim da história, uma possível sentença cruel.

— Mas Poliana se recusou a aceitar o meu convite — declarou Pendleton com um sorriso melancólico.

— Como? Por quê?

— Não quis deixar dona Harrington. Disse que a senhora havia sido sempre muito boa para ela e por isso desejava permanecer aqui, embora ainda não soubesse se a senhora gostava tanto dela...

Seu John ergueu-se sem olhar para a dona Poli e dirigiu-se resolutamente para a porta. Mas percebeu que ela o acompanhava com a mão estendida.

— Quando o especialista vier, saberemos de mais alguma coisa, de algo definido a respeito da nossa doentinha, e avisarei o senhor do que acontecer — concluiu dona Poli, apertando-lhe a mão. — Adeus e obrigada por ter vindo. Poliana vai ficar muito grata.

Foi assim que os dois se despediram.

25
O JOGO DE ESPERAR

Depois daquela visita, dona Poli começou a preparar Poliana para ser examinada por um especialista de Nova York.

— Poliana, minha cara — disse ela com ternura —, resolvemos chamar outro médico, que atuará junto com o doutor Warren, para a examiná-la. Com dois médicos em vez de um, a sua cura vai ser mais rápida.

Uma luz de felicidade iluminou o rosto da menina.

— É o doutor Chilton? Ah, tia Poli, eu gosto muito do doutor Chilton! Sempre quis que ele viesse, mas receei que a senhora não deixasse por causa daquele incidente no dia do penteado, sabe? Ah, estou tão contente que a tia Poli também o queira aqui!

O rosto de dona Poli ficou pálido, e depois corado, e de novo pálido; mas, quando ela falou, ninguém poderia perceber o que sentia por dentro.

— Ah, não, minha cara! Não é ao doutor Chilton a que me refiro, mas a um doutor novo, um médico famoso, que vem de Nova York especialmente para examinar você. É um que sabe mais que os outros, um especialista.

O rosto de Poliana ensombreceu.

— Não creio que ele saiba metade do que o doutor Chilton sabe.

— Ah, sabe, sim, sabe talvez o dobro, na sua especialidade. Estou certa disso.

— Mas foi o doutor Chilton quem tratou e curou a perna quebrada de seu Pendleton. Tia Poli, se a senhora não faz muita questão, eu gostaria muito de ser tratada pelo doutor Chilton.

O rosto de dona Poli mostrou-se transtornado. Ela se calou por uns instantes. Depois falou com calma, embora ainda com uns toques da sua antiga firmeza de comando.

— Faço questão, sim, Poliana. Faço muita questão. Não há nada que não tente por você, minha cara, mas em virtude de razões que não posso declarar, não quero que o doutor Chilton seja chamado agora. E saiba, Poliana, que ele não pode ter tantos conhecimentos como o especialista de Nova York. Lembre-se de que é um especialista famoso no país todo. Chega já amanhã.

Poliana manteve o arzinho de não convencida.

— Mas, tia Poli, se a senhora, por exemplo, amasse o doutor Chilton...

— Como é, Poliana? — e a voz de dona Poli soou aguda.

Suas faces enrubesceram intensamente.

— Quer dizer, se uma pessoa amasse o doutor Chilton e não amasse o outro, iria preferir ser tratada pelo primeiro. Ora, eu amo o doutor Chilton.

A enfermeira entrou nesse momento; dona Poli aproveitou a distração para sair do quarto, com um suspiro de alívio, depois de declarar:

— Sinto muito, Poliana, mas receio que você tenha de deixar a mim somente a tarefa de julgar o que convém e não convém fazer. Além disso, já está tudo resolvido. O especialista chega amanhã.

Mas não foi assim. No dia seguinte, no último momento, veio um telegrama avisando que o famoso médico estava de cama, doente, com uma súbita indisposição. Esse fato levou a menina a insistir em que chamassem doutor Chilton.

Dona Poli, entretanto, continuou a resistir e pronunciou um "não, minha cara" bastante decisivo, depois de declarar que, tirando aquilo, faria todo o possível para agradar a menina.

E enquanto corria o tempo de espera, dona Poli de fato se empenhou em fazer todo o possível para agradar a doentinha.

— É incrível! — dizia Nancy ao velho Tom. — É incrível o que está acontecendo nesta casa! Não há um minuto em que dona Poli não procure demonstrar de todos os jeitos que só pensa e só cuida da menina! Até o gato, aquele gato que uma semana atrás ela não deixaria entrar na casa por dinheiro nenhum, anda agora lá pela cama, só porque dona Poliana gosta de brincar com ele. E Buffy também. Os dois tomaram conta da casa... E quando ela não está fazendo nada, está arrumando de outros jeitos os tais pingentes de cristal, para que as cores que dançam dancem em outros pontos do quarto. Mandou Timóteo ir ao sítio dos Bobb já três vezes em busca de flores, mesmo com o tanto de flores que temos aqui. E outro dia eu a vi na frente da cama, com a enfermeira penteando o seu cabelo de um certo modo, só para agradar a menina. E seus olhos brilharam de felicidade. Juro que daqui por diante dona Poli não usará outro penteado. É aquele que dona Poliana gosta e nada mais...

O velho Tom riu.

— O que me admira é que dona Poli fica muito mais moça quando usa esse penteado, com cachinhos atrás das orelhas.

— Isso mesmo. Agora parece até gente. Chego a pensar que...

— Cuidado com a língua, Nancy! — advertiu o velho jardineiro — E lembre-se do que eu disse há tempos, que dona Poli foi muito linda na sua época.

A moça fez um muxoxo.

— Bela não é agora, mas parece outra, muito melhor. Ela se transformou depois que mudou de penteado e agora usa aquele xale nos ombros.

— Eu disse. Eu disse a você que dona Poli não era velha.

A moça se lembrou da conversa.

— É verdade, e eu respondi que, se não era velha, sabia muito bem imitar a velhice. E tinha razão. Antes de dona Poliana chegar, ela se fingia de velha. Diga, seu Tom: quem foi o namorado de dona Poli? Ainda não consegui descobrir.

— Não conseguiu, é? — zombou o velho, olhando-a com ar malicioso. — Pois dê seu jeito! De mim não tirará nada.

— Ah, seu Tom, não seja mau. O senhor sabe muito bem que não há muita gente aqui para me contar. Diga.

— Talvez não convenha. Nessas coisas não devemos mexer. — E mudando de assunto: — Como está a menina hoje?

Nancy franziu a testa.

— Na mesma, seu Tom. Não percebe nenhuma mudança para melhor nem para pior. Está lá na cama, dormindo ou falando e sempre descobrindo razões para ficar contente com isto ou aquilo. Contente porque o sol se põe ou se levanta, porque a lua aparece ou não aparece, é de cortar o coração da gente!

— Eu sei. É o jogo. Menina abençoada!

— Ela também lhe contou como era o tal jogo?

— Ah, sim, há muito tempo — respondeu o velho um pouco hesitante. — Eu estava resmungando, certo dia, e reclamando de ter que ficar me curvando com essa idade. Sabe o que ela me disse?

— Não posso adivinhar, mas creio que não deve ter como descobrir um jeito de um velho não reclamar das costas.

— Pois ela descobriu. Disse que eu devia ficar contente de ficar tão abaixado, porque assim ficava mais perto das ervas que tenho que arrancar.

Nancy disparou numa gargalhada.

— Essa é boa! Encontrou! Ela encontra sempre, não falha! Nós duas vivíamos jogando esse jogo, porque no começo não havia ninguém com quem ela pudesse brincar. Com quem ela brincaria, afinal, com dona Poli?

— Dona Poli! Ahn....

— Vejo que seu Tom não tem da patroa opinião diferente da minha — observou a moça, piscando um olho.

— Eu estava pensando — declarou o velho — que esse jogo seria ótimo para ela... para dona Poli.

— Claro que seria, ainda mais agora. Já não duvido de mais nada e não me admirarei se vir a patroa metida também no jogo.

— Mas será que a menina contou para ela? Andou ensinando o jogo a todo mundo. Na cidade não há quem não o saiba.

— À dona Poli não ensinou — disse Nancy. — Dona Poliana contou que não podia ensinar o jogo à tia por estar proibida de falar de seu pai. Dona Poli não sabe, e é a única que não sabe...

— Hum! Entendi! — murmurou o velho. — Ela nunca perdoou o missionário... nem ela, nem ninguém da família. Eu me lembro bem! Foi uma tragédia, aquele amor de dona Jennie. Este mundo...

Para pessoa nenhuma da casa eram agradáveis aqueles dias de espera. A enfermeira procurava mostrar-se alegre, mas seus olhos a traíam. O doutor, esse se revelava sobretudo impaciente. Dona Poli nada dizia, mas tudo nela indicava que ninguém se consumia tanto lá por dentro. E Poliana? Poliana mimava o cachorrinho, alisava a cauda do gato, admirava as flores dos vasos e beliscava os doces e geleias que lhe mandavam; também respondia alegremente às numerosas mensagens recebidas. Mas ia se tornando cada vez mais pálida e magrinha, com a nervosa mobilidade dos braços contrastando singularmente com a imobilidade dos membros inferiores.

Quanto ao jogo, Poliana dissera à Nancy que estava contente de pensar como seria feliz quando pudesse voltar à escola, e ver de novo dona Snow, e visitar seu Pendleton, e sair de carro com o doutor Chilton, embora todas essas "alegrias" estivessem distantes, no futuro. Apesar disso, Nancy compreendia a gravidade do seu estado e chorava copiosamente logo que ficava sozinha.

26
PORTA ENTREABERTA

Uma semana depois da data marcada, o doutor Mead, o especialista, chegou. Era um homem alto, de ombros largos e olhos castanhos, sempre de sorriso nos lábios. Poliana simpatizou com ele imediatamente e disse:

— O senhor se parece muito com o meu doutor!

— O seu doutor? — repetiu o médico, olhando com evidente surpresa para o colega Warren, que conversava com a enfermeira um pouco adiante.

O doutor Warren era um homem baixo, de olhos pardos e cavanhaque.

— Não, esse não é o meu doutor — sorriu Poliana, adivinhando os seus pensamentos. — Esse é o doutor de tia Poli. O meu chama-se Chilton.

— Ah! — exclamou o doutor Mead, voltando os olhos para dona Poli, que corou e se afastou.

— Sim — reafirmou Poliana e esclareceu o caso com aquele seu usual amor à verdade. — O senhor sabe, eu quis o doutor Chilton desde o começo, mas tia Poli quis o senhor. Disse que o senhor sabe o dobro dele, a respeito de pernas quebradas como as minhas. E se é assim mesmo, ficarei muito contente. É isso mesmo, doutor?

O especialista riu com uma expressão que a menina não conseguiu decifrar direito.

— Isso só o tempo pode dizer, minha filha — respondeu, dirigindo-se ao doutor Warren, que estava ao lado.

Todos mais tarde culparam o gato. E não há dúvida de que, se Fluffy não tivesse metido a pata e o focinho no vão da porta, de modo a entreabri-la meio palmo, a menina não teria ouvido coisa nenhuma da conversa ou da conferência dos doutores.

Na sala próxima, os dois médicos, a enfermeira e dona Poli haviam formado um grupo para discutir o real estado de Poliana, enquanto, em seu quarto, Fluffy subia à cama, depois de cometer a imprudência de deixar a porta entreaberta. Desse modo a menina pôde ouvir as seguintes palavras de dona Poli:

— Isso não, doutor. Não creio que o senhor queira dizer que ela não poderá nunca mais andar.

Ao ouvir aquilo, a doentinha ergueu-se na cama com um grito de terror: "Tia Poli! Tia Poli!" e dona Poli, vendo a porta entreaberta e percebendo que suas palavras tinham sido ouvidas, deixou escapar um gemido rouco. E, pela primeira vez na vida, desmaiou. A enfermeira soou o alarme: "Ela ouviu!" e lançou-se ao quarto da menina. Os dois médicos correram a acudir dona Poli, ficando o doutor Mead com ela desmaiada nos braços e Warren ao lado, tonto, sem saber o que fazer. Só depois que Poliana desferiu um segundo grito e a enfermeira fechou a porta foi que os dois profissionais cuidaram de fazê-la voltar a si.

Ao entrar no quarto de Poliana, a enfermeira viu na cama o gato cinzento inutilmente tentando chamar a atenção duma criaturinha extremamente pálida.

— Dona Hunt, por favor, eu quero a tia Poli! Quero-a aqui depressa!

A moça fechou a porta e aproximou-se correndo.

— Ela já vem, minha cara. Espere um minutinho. Posso ajudar com alguma coisa?

Poliana sacudiu a cabeça.

— Quero saber o que ela disse. Já, já! A senhora ouviu? Quero tia Poli! Ela disse uma coisa terrível. Quero que me jure que não é verdade, que não pode ser verdade!

A enfermeira tentou falar, mas não teve palavras, e a expressão em seu rosto aumentou o pânico da menina.

— Dona Hunt, a senhora ouviu? É verdade? Ah, diga que não é verdade! Será que não poderei nunca mais andar?

— Nada disso, minha cara. Nada disso — murmurou a enfermeira. — O médico não sabe. Ou pode estar enganado. Muita coisa boa pode ainda acontecer.

— Mas tia Poli disse que o médico sabe. Que sabe mais que nenhum outro dessa coisa de pernas quebradas.

— Sim, disse, eu sei; mas não há doutor que não erre. Procure não pensar mais nisso, por favor, dona Poliana!

A menina ergueu os braços num gesto de desespero.

— Mas não consigo deixar de pensar — soluçou. — Essa ideia não me sai da cabeça. Como poderei ir à escola ou visitar seu Pendleton, dona Snow e todo mundo? — Poliana chorou e soluçou com desespero por uns instantes. De repente, detuve-se com um novo terror nos olhos: — Como poderei ficar contente de qualquer coisa, dona Hunt, se não posso mais andar?

Dona Hunt não conhecia o jogo, mas sabia que a sua paciente tinha de ser aquietada sem demora e tratou de preparar um calmante.

— Calma, calma, minha cara. Tome isto — pediu ela —, e depois veremos o que podemos fazer. As coisas nunca são nem metade tão ruins como parecem.

A contragosto, Poliana tomou o calmante e depois um gole d'água.

— Eu sei, essas suas palavras lembram umas que ouvi de meu pai — balbuciou a menina com lágrimas escorrendo pelas faces. — Ele dizia que em tudo há sempre alguma coisa que ainda podia ser pior, mas acho que papai nunca ouviu alguém dizer que ele não poderia andar nunca mais. Não consigo imaginar o que pode ser pior do que isso. E a senhora, dona Hunt?

Dona Hunt não respondeu. Estava com um nó na garganta.

27
DUAS VISITAS

Nancy foi a escolhida para ir comunicar a seu Pendleton o veredicto do médico de Nova York. Dona Poli cumpria assim a promessa de mantê-lo a par do que acontecesse. Ir ela mesma ou escrever uma carta não parecia conveniente. Por isso, mandou Nancy.

Tempos atrás, a moça iria ficar feliz da vida por ver de perto a Casa do Mistério e o seu Mágico. Mas naquele dia tinha o coração muito oprimido para ficar feliz com qualquer coisa que fosse. Não se lembrou de prestar atenção a coisa nenhuma nos minutos em que esteve à espera de seu Pendleton.

— Sou Nancy, senhor — disse ela com respeito quando ele apareceu com os olhos arregalados de surpresa. — Dona Harrington me mandou trazer notícias de dona Poliana.

— E então?

Pelo modo de pronunciar essa palavra, Nancy compreendeu a imensa ansiedade do homem.

— Não vai bem, seu Pendleton — disse a moça com voz engasgada.

— Quer dizer que...

Nancy baixou a cabeça.

— Sim, senhor. O doutor de fora diz que ela não poderá andar nunca mais.

Por um momento se fez na sala um silêncio mortal; depois seu Pendleton falou com a voz carregada de tristeza:

— Pobre menininha! Pobre menininha!

Nancy ergueu para ele os olhos e baixou-os imediatamente. Jamais supôs que o amargo, severo, feroz John Pendleton fosse uma criatura tão sensível. E mais ainda quando ele murmurou com uma ternura infinita:

— Que crueldade! Nunca mais dançar ao sol! A minha adorada menininha-prisma! — Fez silêncio de novo e disse: — Ela não sabe ainda, certo?

— Sabe, sim, senhor — soluçou Nancy —, e é isso que deixa tudo mais triste ainda. Ela descobriu tudo. Aquele gato malvado! Desculpe, seu Pendleton. Mas o gato deixou a porta entreaberta, e dona Poliana escutou o que o médico estava dizendo para dona Poli. Foi assim que descobriu tudo.

— Pobre, pobre menininha! — soluçou de novo o homem.

— Isso mesmo, meu senhor. Se o senhor a visse! Eu fiquei com o coração partido. A situação é nova para ela, e a coitadinha passa o tempo pensando nas novas coisas que agora não pode fazer. O que mais a aborrece é não conseguir ficar contente. O senhor sabe, aquele jogo!

— Sei. O "jogo do contente". Ela me ensinou como se faz...

— Isso mesmo. Bom, eu creio que ela também ensinou esse jogo a muito mais gente. Mas, veja que castigo, está agora se aborrecendo porque não pode jogar o jogo que ela mesma inventou, e tão lindo! Diz que não consegue pensar agora uma só coisa que a possa deixar contente.

— Sim — disse o homem com amargura. — Também não vejo como possa ficar contente.

— Eu também não via — continuou Nancy —, até que comecei a pensar que seria fácil se ela pudesse se lembrar do que disse aos outros, e procurei fazê-la lembrar.

— Lembrar? De quê?

— Do que disse aos outros, do que disse à muita gente, como dona Snow, por exemplo. Mas o pobre anjinho começa a chorar porque acha que não é a mesma coisa. Diz que é fácil ensinar aos inválidos, como dona Snow, a serem contentes, mas que tudo muda quando o inválido é ela. E repetiu cem vezes para si mesma que devia ficar contente de que todo mundo não estivesse inválido como ela, sem conseguir ficar contente, porque ela não consegue parar de pensar que nunca mais vai andar na vida.

Nancy fez uma pausa, que não foi interrompida pelo homem, o qual se sentara com as mãos nos olhos.

— Depois eu procurei lembrar a menina de uma coisa que ela dizia sempre, que quanto mais difícil mais bonito o jogo ficava, mas ela respondeu que estava errada quando pensava assim, que o jogo fica muito diferente quando o caso é dos duros de roer. Preciso ir. Com licença. — E Nancy se virou subitamente, não conseguiu mais segurar o choro.

Na porta de entrada, hesitou e, virando-se para o homem, disse:

— Posso contar à dona Poliana que... por exemplo, o Jimmy Bean apareceu por aqui outra vez?

— Mas não é verdade, moça. Esse menino não apareceu mais.

— Não faz mal. É que isso é uma das coisas que mais a aborrece, pois ficou de vir aqui com ele e não pôde, por causa da peste do automóvel. Raios que o partam! Desculpe, senhor. Eu às vezes esqueço com quem estou falando... Ela disse que trouxe Jimmy uma vez, mas que ele não se comportou muito bem e a coitadinha ficou com receio de que o senhor não tivesse gostado dele. O senhor deve saber do que se trata. Eu não sei.

— Sim, sei o que ela quer dizer.

— Muito bem, meu senhor. Ela estava ansiosa de vir com ele outra vez para mostrar que ele era realmente uma linda "presença de criança", e não pôde por causa daquela peste fedorenta. Desculpe, senhor, e passe bem.

Toda a cidade de Beldingsville ficou logo sabendo o que o especialista de Nova York pensava da menina, isto é, que não poderia andar nunca mais, e nunca uma cidade ficou tão agitada por uma notícia. Todos já conheciam a viva menina de cara sardenta que era uma alegria que só, e também quase todos já sabiam do seu "jogo do contente". E pensar que aquela encantadora menina alegre jamais passaria de novo pelas ruas! Nunca mais a teriam por lá, proclamando as maravilhas do seu jogo... Era inacreditável, inconcebível e de uma crueldade infinita.

Nas cozinhas e nas salas de visita, nos quintais e nas ruas, mulheres comentavam o caso e choravam de coração. Nas esquinas e praças, os homens faziam o mesmo, e muitos escondiam o rosto ou disfarçavam, para esconder alguma lágrima imprudente. E esse sentimento geral ainda aumentou quando Nancy trouxe a notícia de que Poliana estava sobretudo desesperada porque não conseguia mais jogar o seu jogo e não conseguia ficar contente de coisa nenhuma.

Isso fez que todos os amigos da menina tivessem o mesmo pensamento: visitá-la. E a casa dos Harrington, para surpresa de dona Poli, tornou-se um centro de romaria. Eram visitas e mais visitas, de gente que conhecia e de gente que nunca mais tinha visto — homens, mulheres e crianças. Dona Poli ficou assombrada ao ver quanta gente conhecia a menina.

Alguns ficavam sentados por cinco ou dez minutos. Outros paravam nos degraus da escada, de chapéu ou bolsa na mão, conforme o gênero. Uns traziam livros, flores, doces de tentar o paladar. A maior parte sem nenhum acanhamento; outros fungavam tanto e enxugavam tanto o nariz que os transformavam em pimentões. E todos deixavam recados ou bilhetes para a doentinha. Atender a essa gente tornou-se a grande ocupação de dona Poli.

Seu Pendleton veio outra vez e ainda de muletas.

— Não preciso dizer, dona Harrington, que choque senti quando Nancy me contou a opinião do especialista. Não há mesmo nada que se possa fazer?

Dona Poli fez um gesto de desespero.

— Estamos fazendo tudo, todo o tempo. O doutor Mead prescreveu um certo tratamento que talvez dê resultado, e o doutor Warren está seguindo à risca as prescrições. Mas... o doutor Mead não tem grandes esperanças.

John Pendleton ergueu-se de brusco, muito pálido, e dona Poli compreendeu porque suas visitas eram tão curtas. Na porta, ele disse:

— Tenho um recado para Poliana. Por favor, diga a ela que Jimmy Bean apareceu e que está comigo; será meu filho adotivo. Diga isso; estou certo de que vai ficar contente com a novidade.

Por um breve momento, dona Poli perdeu a sua firmeza habitual.

— Vai adotar Jimmy Bean, o senhor?

O homem ergueu a cabeça.

— Vou. Poliana compreenderá. Diga-lhe que espero que fique contente com isso.

— Sem dúvida, mas...

— Passe bem e muito obrigado — disse seu Pendleton, retirando-se.

Dona Poli ficou na soleira da porta, imóvel, olhando atônita para o homem que ia embora apoiado nas muletas. Não podia acreditar no que ouvira, John Pendleton adotando Jimmy Bean! John Pendleton, rico, independente, solitário, conhecido como avarento e tremendamente egoísta, adotar aquele mendiguinho de rua!

E foi com aquele olhar que dona Poli subiu ao quarto da menina.

— Poliana, tenho um recado de seu Pendleton para você. Ele veio ainda há pouco. Pediu para contar que recebeu o menino Jimmy em casa e vai adotá-lo como filho. Disse que espera que você fique contente com a notícia.

A carinha triste da menina se encheu de súbita alegria.

— Contente? Contente? Ah, estou mais do que contente! Tia Poli, eu quis tanto descobrir um meio de arrumar a vidinha de Jimmy! E consegui. Olha ele aí com a vida feita! Também estou muito contente por seu Pendleton. O pobre vai ter agora em casa o que tanto queria, uma presença de criança.

— Presença de criança? Que história é essa?

Poliana corou de leve. Lembrou-se de que jamais falara à tia da vontade de seu Pendleton de adotá-la como filha e de que nunca pensou em contar isso, para que a tia não ficasse nem com uma pontinha de dúvida, dúvida de que ela, Poliana, tivesse desejado isso.

— Presença de criança, sim! — repetiu a menina. — Sabe o que é? Uma vez seu Pendleton me disse que só a mão de uma mulher ou uma presença de criança podem fazer de uma casa um lar. E eu arranjei para ele uma presença de criança.

— Ah, entendi — murmurou dona Poli, e na realidade compreendeu mais do que Poliana podia esperar.

Compreendeu e sentiu em si o aperto de coração que deveria ter sentido a menina quando Pendleton lhe propôs que fosse morar com ele e ser a "presença de criança" daquela casa triste. E lágrimas caíram dos olhos de dona Poli.

Poliana receou que sua tia insistisse naquele assunto embaraçante e tratou de mudar de conversa.

— O doutor Chilton também diz que são precisos a mão e um coração de mulher ou uma presença de criança para fazer um lar — observou ela.

Dona Poli voltou-se vivamente.

— Doutor Chilton? Como sabe disso, Poliana?

— Ele mesmo me disse, quando falou que vive em quartos e salas, e não num lar.

Dona Poli ficou em silêncio e olhou para a janela.

— E eu — prosseguiu Poliana — perguntei por que motivo não arranjava essa mão de mulher e essa presença de criança...

— Poliana! — exclamou dona Poli, corando vivamente.

— Perguntei, sim. Ele estava com uma cara tão triste!

— E... e o que respondeu ele? — indagou dona Poli, como se qualquer coisa lá por dentro a impelisse, mesmo contra a sua vontade.

— Não disse nada por uns instantes. Depois murmurou baixinho que a gente nem sempre consegue o que deseja.

Ficaram em silêncio por um instante. Dona Poli voltou novamente os olhos para a janela. Ainda estava com o rosto todo vermelho.

Poliana suspirou.

— Ele quer, eu sei, uma mulher, e eu ficaria bem contente se conseguisse arranjar essa mulher para ele.

— Como pode saber disso, Poliana? Como pode saber que ele quer uma... esposa?

— Porque no dia seguinte ele disse mais umas coisas. Disse baixinho, mas eu ouvi. Disse que daria tudo na vida para ter em sua casa a mão de uma mulher e um coração. O que foi, tia Poli? O que aconteceu?

Dona Poli, agitada, havia se levantado e corrido para a janela.

— Nada, minha cara. Vim mudar a posição deste prisma...

28
O JOGO E OS JOGADORES

Não muito depois da visita de seu Pendleton, apareceu por lá, uma tarde, a filha de dona Snow. Milly nunca tinha vindo à casa dos Harrington e mostrou-se muito envergonhada quando dona Poli a recebeu na sala.

— Eu... eu vim saber da menininha — balbuciou.

— Está na mesma, muito obrigada. E como vai sua mãe? — indagou dona Poli.

— É o que vim pedir para que a senhora contasse à dona Poliana — começou a moça, atrapalhada. — Nós achamos que é uma coisa horrível, mas horrível de verdade, que o anjinho não possa andar nunca mais. Ninguém sabe o que ela fez por nós quando ensinou à mamãe aquele jogo tão lindo. E quando soubemos que não podia jogar mais o seu joguinho... ah, nem queira saber, dona Harrington, a nossa tristeza! Se fosse possível que ela soubesse o que realmente fez por nós, tenho a certeza de que ficaria contente. Um pouquinho, pelo menos.

Milly calou-se, como se estivesse esperando que dona Poli dissesse alguma coisa. A tia de Poliana, sentada, ouvia afavelmente, com curiosidade nos olhos. Tinha entendido apenas a metade do que Milly dissera e pôs-se a refletir que aquela Milly tinha fama de "esquisita", mas agora via que era mais que isso, era também maluca. Só uma perfeita maluca poderia amontoar tantas palavras incoerentes, ilógicas, incompreensíveis. Vendo a mocinha calar-se, disse:

— Não compreendo bem, Milly. Explique melhor o que quer que eu diga à dona Poliana.

— Vou explicar. Quero que a senhora faça o favor de dizer que ninguém pode imaginar o bem que ela nos fez. Dona Poliana compreendeu muita coisa porque ia sempre lá, e compreendeu desde o começo que minha mãe era "diferente". Mas quero agora que ela saiba como está diferente do que era, e de uma diferença diferente. Eu também estou diferente e já sei jogar o jogo, um bocadinho só.

Dona Poli refranziu a testa. Quis perguntar que história de "jogo" era aquela, mas não pôde. Milly não parava.

— A senhora sabe: nada estava bom para mamãe, nada, nada! Ela sempre queria o que não tinha, e acho que nem é possível que alguém a julgasse, já que ela, a pobrezinha, vivia naquelas condições. Mas agora ela deixa que eu levante as cortinas e se interessa por mil coisas, pelos seus cabelos, pelas suas camisolas, por tudo. E já começou a fazer crochê, touquinhas de crianças para os asilos. E está tão contente de ver que pode fazer isso e se ocupar e ser útil aos outros! E quem fez essa mudança? Dona Poliana. Ela disse à mamãe que devia ficar contente de não ter os braços e as mãos paralíticos, e mamãe perguntou de que adiantavam os braços e as mãos. "Faça crochê!", aconselhou, e mamãe começou a fazer crochê. "E assim ocupa os braços e mãos que não serviam para coisa nenhuma." E a senhora não calcula como o quarto está mudado! Cheio de luz, com os prismas na janela, os prismas de vidro que dona Poliana deu. Antes aquele quarto era tão escuro que até dava medo, e esse escuro deixava mamãe ainda mais infeliz. E por isso quero que a senhora faça o favor de dizer à dona Poliana que tudo de bom que aconteceu em nossa casa é só por causa dela. Vai ver que a coitadinha até fica contente de saber disso, aquele anjo.

Milly se levantou para sair.

— A senhora dá o meu recado?

— Dou, sim, menina — murmurou dona Poli, embora não soubesse como resumir um recado daquele tamanho e do qual entendera tão pouco.

Aquelas visitas de seu Pendleton e Milly Snow foram as primeiras de numerosas outras. Ambos vinham sempre com recados que deixavam dona Poli atrapalhada. Não entendia nem metade.

Uma tarde foi a vez de certa vizinha Benton. Dona Poli conhecia essa criatura, porém não tinha muita intimidade. Era tida como a mulher mais teimosa e triste da cidade. Só andava de preto. Naquele dia, porém, dona Benton veio com um lenço cor-de-rosa no pescoço e com os olhos marejados. Contou de como ficou triste ao saber do acidente e perguntou se podia ver Poliana.

Dona Poli fez gesto negativo.

— Sinto muito, mas o doutor proibiu visitas. Mais para a frente pode ser.

Dona Benton enxugou os olhos, levantou-se e, ao chegar à porta, parou.

— Dona Harrington, talvez a senhora possa dar um recado...

— Claro que sim, dona Benton. Diga.

A viuvinha hesitou; por fim disse:

— Faça o favor de dizer à dona Poliana que eu pus o lenço cor-de-rosa no pescoço. — E acrescentou, vendo a expressão de curiosidade de dona Poli: — Dona Poliana insistiu muito tempo para que eu usasse isto; queria me ver com qualquer cor no vestido, e acho que ela ficará contente se souber que... Ela disse ainda que Freddy ficaria muito contente também. A senhora sabe, Freddy é tudo que tenho na vida. Os outros morreram, todos, todos... Conte desse jeito que ela compreenderá.

E saiu.

Um pouco mais tarde, apareceu outra viúva, ou pelo menos parecia pelo vestuário. Dona Poli nunca a vira e pensou como Poliana conseguira conhecê-la. Chamava-se dona Tarbell.

— Sou uma desconhecida sua — começou ela —, mas não sou desconhecida da sua sobrinha. Estive no hotel durante o verão e todo dia precisava caminhar, para fazer exercício. Foi num desses passeios que conheci a menina, aquela encantadora menina! Receio que não possa fazê-la compreender o que esse anjo representou para mim. Eu estava profundamente triste quando fui para o hotel, e ela me recordava uma filhinha única que perdi tempos atrás. Como essa menina fez bem para minha alma! Nem sei dizer o que senti quando fiquei sabendo do acidente. Pobre anjinho! Quero que a senhora conte que vim fazer uma visita.

— Direi com certeza. Muito obrigada.

— E pode dar um recado? É que dona Tarbell está muito contente agora. Sim, vejo que isso causa surpresa à senhora, mas prefiro não explicar. Sua sobrinha saberá o que quero dizer. Obrigada e desculpe qualquer coisa.

Profundamente confusa, dona Poli subiu ao quarto de Poliana.

— Poliana, você conhece uma tal dona Tarbell?

— Conheço, sim, e gosto muito dela. Está doente, a coitada, e horrivelmente triste. Mora no hotel e passeia todos os dias. Nós passeamos juntas... quer dizer, nós passeávamos juntas — emendou a menina com duas lágrimas escapando dos olhos.

Dona Poli sentiu um nó na garganta.

— Pois ela esteve aqui e deixou um recado, sem explicar o que significava. Mandou dizer a você que dona Tarbell está contente agora.

Poliana bateu palmas.

— Disse isso? Ah, estou tão contente!

— Mas, Poliana, o que isso quer dizer?

— Ah, é o jogo que pa... — e Poliana interrompeu-se, tapando a boca.
— Que jogo?
— Nada, tia Poli... É... Eu não posso explicar sem explicar outras coisas antes, outras coisas de que não devo falar.

Dona Poli ficou prestes a questioná-la mais a fundo, mas o aspecto abatido daquela carinha a deteve.

Não muito tempo depois da visita de dona Tarbell, o esclarecimento chegou. Dona Poli descobriu, afinal, que jogo era aquele. A causa determinante foi a visita de uma jovem de faces coradas em excesso e cabelos loiros demais; uma jovem de reputação muito conhecida de dona Poli e cuja presença na casa dos Harrington a deixou furiosa. Dona Poli nem sequer estendeu a mão; muito pelo contrário, virou-lhe as costas.

A moça se levantou imediatamente. Tinha os olhos vermelhos como se tivesse chorado e perguntou se podia ver a menina por um momento.

Dona Poli respondeu que não. Disse com ar severo; mas alguma coisa nos olhos da moça a fez acrescentar com educação que ninguém podia ver a doente ainda por ordem do médico.

A moça hesitou; depois ergueu a cabeça e despejou o que tinha na alma, num leve tom de desafio:

— Meu nome é dona Payson, dona Tom Payson. Suponho que a senhora já ouviu falar de mim, a maior parte da gente da cidade faz isso, e talvez muita coisa do que dizem não seja verdade. Mas não importa. Vim por causa da menina. Soube do acidente e fiquei desolada. Ouvi dizer que nunca mais poderá andar e senti tanto que, se pudesse dar as minhas pernas, daria sem nem pensar. Ela faria mais benefícios caminhando uma hora com as minhas pernas do que eu em cem anos. Mas não importa. Pernas nunca são dadas a quem pode usá-las melhor.

A moça fez uma pausa para limpar a garganta e prosseguiu:

— Talvez a senhora não saiba, mas vi essa menina muitas vezes. Moro na estrada de Pendleton Hill, e ela aparecia muito lá, na maioria das vezes apenas para dizer oi. Entrava, brincava com as crianças e conversava comigo e com o meu marido, quando ele estava em casa. Dona Poliana parecia gostar de todos nós. Ignorava, com certeza, que a gente da sua classe não visita gente da minha classe. Mas a menina ia lá e não perdeu nada com isso. Muito pelo contrário, fez muito por nós. Nunca soube do bem que nos causou. Este ano foi, em muitos aspectos, duro para nós. Eu e meu marido estávamos desanimados e chegamos até a pensar no divórcio. Nisto aconteceu o acidente e a notícia de que a menina não poderia nunca mais andar. E começamos a lembrar das suas visitas, suas brincadeiras com as crianças, suas risadas tão alegres. Tinha o costume de estar sempre contente de alguma coisa e um dia nos explicou aquele jogo, a senhora sabe. E nos ensinou a jogar. Agora, porém, ouvimos dizer que ela está muito triste por não poder jogar aquele jogo como antes, já que não tem nada com o que possa ficar contente. E por causa disso vim aqui, para dizer que resolvemos não nos separar e, em vez disso, jogar o jogo. Acredito que ela vá ficar contente de saber. Pode fazer o favor de contar isso a ela?

— Sim, contarei — prometeu dona Poli sem muita convicção, mas, num impulso repentino, estendeu a mão à moça, e disse: — Obrigada por ter vindo, dona Payson.

O ar de desafio da visitante desapareceu e seu lábio superior vibrou imperceptivelmente; apertou a mão que estava estendida e com um soluço se afastou.

Dona Poli foi dali diretamente à cozinha e chamou Nancy. A série de visitas desconcertantes dos últimos dias, culminando naquela última, tinha deixado seus nervos à flor da pele. Já fazia muito tempo que Nancy não a ouvia falar daquele modo cortante.

— Nancy, venha me contar o que sabe desse absurdo "jogo" que anda na boca de todo mundo. O que minha sobrinha tem a ver com essa história? Por que, desde Milly Snow até dona Tom Payson, ficam mandando recados dizendo estarem "jogando o jogo"? Pelo que percebi, metade da população anda se enfeitando com lenços de cor clara, acabando com brigas de família ou aprendendo a gostar de coisas de que não gostava antes, e tudo por causa de Poliana. Perguntei para ela, mas não a achei em estado de explicar direito. Mas pelo que a ouvi falar ontem, sei que você conhece esse tal jogo. Vamos. Diga o que é isso.

Com grande surpresa de dona Poli, Nancy rompeu em pranto.

— É que — foi explicando a moça entre soluços — desde o último junho a abençoada menina andou fazendo a cidade inteira ficar contente e agora está acontecendo o contrário, a cidade inteira tentando fazê-la contente.

— Contente de quê?

— Só contente. É o jogo.

Dona Poli bateu o pé.

— Olha você aí como os outros! Que jogo, Nancy?

A moça ergueu a cabeça e encarou a patroa com firmeza nos olhos.

— Vou dizer, dona Poli. Foi um jogo que o pai de dona Poliana ensinou, no dia em que encontraram um par de muletinhas numa caixa de doação quando estavam esperando uma boneca. Ela chorou, está claro, já que era uma criança. Parece que nesse momento seu pai explicou que não existe nada que não tenha dentro qualquer coisa capaz de nos fazer contentes, e que por isso ela devia ficar contente com as muletinhas.

— Contente com as muletinhas! — exclamou dona Poli, disfarçando um suspiro, pois essa palavra a fez pensar na sua querida doentinha.

— Sim, senhora. Foi assim mesmo que eu fiquei quando ela me contou a história, e foi assim mesmo que ela ficou quando seu pai falou. Mas ele respondeu que sim, que ela podia ficar contente com as muletinhas por não precisar delas.

— Ah! — exclamou dona Poli.

— E depois desse dia nasceu a brincadeira ou esse jogo de procurar em tudo que há ou acontece uma coisa qualquer que nos faça contentes. Ficou sendo o "jogo do contente", que dona Poliana nunca mais deixou de jogar até hoje.

— Mas como se joga isso? — indagou dona Poli, depois de uma pausa aflita.

— A gente fica até admirada de ver como esse jogo dá certo — disse Nancy com o mesmo entusiasmo que Poliana tinha quando o explicava. — Eu queria muito que a senhora soubesse o quanto essa doce menina fez para minha mãe e a minha gente. Foi lá em casa, a senhora sabe, duas vezes, sempre comigo, e plantou a alegria em todos. E também me deixou contente da vida, contente com uma porção de coisas, pequeninas e grandes. Por exemplo: eu não me importo ou deixei de me importar que me chamem de "Nancy" depois que dona Poliana declarou que eu devia ficar contente de não me chamar Hephzibah. Havia também as manhãs de segunda-feira que eu detestava, e ela me curou. Hoje fico contente com as manhãs de segunda-feira.

— Contente com as manhãs de segunda-feira! Mas que...

— Eu sei que parece maluquice, mas vou explicar. A menina descobriu que eu tinha esse terrível ódio a essas manhãs e então me disse: "Sei um jeito, Nancy, de você ficar mais contente com as manhãs de segunda-feira do que com as de qualquer outro dia da semana: é pensar que vai passar uma semana inteirinha antes que venha outra manhã de segunda-feira". Isso me fez morrer de rir, e agora, cada vez que chega a manhã de segunda-feira, lembro da solução e fico rindo sem parar.

— Mas por que Poliana nunca me falou desse jogo, ela que andava a ensiná-lo para todo o mundo? Por que fez tanto mistério quando a interroguei?

Nancy hesitou.

— Com seu perdão, dona Poli, a senhora mesma mandou que ela nunca falasse do... do seu paizinho. Foi por isso. A abençoada menina não sabe explicar o jogo sem primeiro falar do pai, que foi o inventor.

Dona Poli mordeu o lábio.

— Bem que ela quis contar tudo, dona Poli, a coitadinha! — prosseguiu Nancy comovida. — No começo desejou muito encontrar uma parceira para o abençoado jogo, e teve que começar comigo. É isso.

— E os outros? Como todos agora falam desse jogo?

— Ah! Agora todos sabem. Aonde a gente vai, ouve-se falar nele. Ela ensinou a várias pessoas, e essas várias pessoas foram passando adiante. Vivia rindo e brincando com todos e assim foi mudando o humor das criaturas que com ela interagiam. Por isso todo mundo aparece agora por aqui, para dizer como anda contente com isso ou aquilo, e contam isso para que ela fique um pouco contentinha.

— Sim, sim, e eu sei de mais uma pessoa que daqui por diante vai jogar esse jogo — disse dona Poli com um soluço, retirando-se da cozinha.

Nancy arregalou os olhos.

— Pelo visto — murmurou consigo — nada mais é impossível nesse mundo. Até ela, até dona Poli...

Minutos mais tarde, quando a enfermeira se retirou e a tia e a sobrinha ficaram a sós, dona Poli disse:

— Outra visita hoje, minha cara: dona Payson. Lembra dela?

— De dona Payson? Como não? Mora perto da casa de seu Pendleton e tem um lindo filhinho de três anos e outro de quase cinco. Muito boa e seu marido também, mas um não sabe quanto o outro é bom. Não se conhecem e por isso brigam, às vezes. Gente muito pobre, e não têm nem o consolo de receber de vez em quando caixas, caixas de doações, porque seu Tom não é missionário como... como...

A vacilação da menina nesse ponto coincidiu com o vivo enrubescer das faces de dona Poli.

— Mas dona Payson usa vestidos muito lindos às vezes, apesar de ser tão pobre — continuou Poliana, desviando do assunto. — E possui belos anéis de brilhantes, rubis e esmeraldas verdinhas. Diz sempre que vai se separar do marido. Mas que divórcio é esse, se cada vez que ela fala no assunto fica triste da vida? É péssimo esse divórcio, não acha, tia Poli?

— Mas não vai mais haver divórcio nenhum, minha cara — contou dona Poli, muito interessada. — Já se entenderam e resolveram continuar juntinhos.

— Ah, como isso me deixa contente! Nesse caso ainda os encontrarei lá quando... Ah, tia Poli! — E a menina rompeu em choro quando lembrou que nunca mais poderia andar.

— Calma, calma, não chore assim, Poliana — consolou-a a tia. — Vai sarar, e você vai voltar a ver dona Payson e seus filhinhos, lá no mesmo lugar. Dona Payson me disse ainda que eles vão agora jogar o jogo do jeitinho como você ensinou.

Poliana sorriu por entre as lágrimas.

— Vão? Ah, estou tão contente por isso!

— Dona Payson disse também que você ficaria contente de saber da novidade.

Poliana ergueu os olhos para a tia, atônita.

— Tia Poli, a senhora está falando direitinho como se soubesse do jogo! Será verdade?

— Sim, minha cara, Nancy contou tudo e me ensinou esse lindo jogo. E quem vai jogar o contente com você agora sou eu.

— A senhora, tia Poli? Ah, estou tão contente! Foi sempre o que mais desejei no mundo, agora aconteceu! Como estou contente!

Dona Poli teve que se segurar. Sua voz estava denunciando a emoção que a empolgara.

— Sim, sim, minha cara. Eu e todos. Toda a cidade está jogando o contente. Até o ministro! Ainda não contei que me encontrei com seu Ford, da última vez que fui à cidade. Pediu todas as notícias da doentinha e disse que quando estiver em condições de receber visitas aparecerá aqui para contar uma coisa. Para contar como foi bom ficar sabendo que há na Bíblia oitocentos textos alegres. A cidade inteira está jogando, e todos se sentem muito mais felizes, e tudo por causa de uma menininha que é um anjo que desceu do céu para ensinar às criaturas o segredo da felicidade.

Poliana bateu palmas.

— Ah, estou tão contente! Tão contente! — exclamou. Depois ficou em silêncio por um instante e seu rosto foi se iluminando com uma luz estranha: — Ah, tia Poli! Descobri agora! Descobri que posso ficar contente com uma coisa: eu não poderia ter feito o que fiz se não tivesse tido pernas!

29

PELA JANELA ABERTA

Um por um, os dias curtos do inverno foram passando. Nada curtos para Poliana. Muito pelo contrário. Eram longos dias de um sofrimento cruel. Apesar disso, e com bastante determinação, a menina fez rebrotar na alma aquela maravilhosa alegria antiga. Quanto não valia, por exemplo, poder agora jogar o famoso jogo até com sua tia? E como dona Poli sabia inventar "contentezas" lindas! Foi quem descobriu aquela da velhinha que só possuía dois dentes, e vivia muito alegre com o fato desses dois dentes corresponderem justinhos, um em cima, outro embaixo.

Poliana agora, tal qual dona Snow, fazia crochê, e à medida que lindas coisas iam se formando pelos movimentos das agulhas, ficava contente de que suas mãos continuassem tão ágeis.

O médico já havia a liberado para receber visitas, de modo que de vez em quando costumava conversar com algum dos seus numerosos amigos; e, quando não recebia visitas, recebia recados, cartas e bilhetes, que sempre traziam novos contentamentos.

Um dia recebeu seu Pendleton, e por duas vezes recebeu o menino Jimmy. Pendleton contou como o filho adotivo era excelente e como estava progredindo em tudo, e Jimmy contou como seu Pendleton era um homem excelente e como era maravilhosa a casa dele, sua, porque o que era de seu Pendleton agora também era dele. E todos confessavam que tudo fora obra de Poliana, o que a fazia irradiar de felicidade.

— Ah! Como estou contente de ter tido pernas!

O inverno passou e veio a primavera. A ansiosa expectativa de que com a mudança da estação melhorasse o estado da doentinha sofreu uma desilusão. Pouco ou nada melhorou, e houve o receio de que na realidade não sarasse nunca.

A cidade de Beldingsville mantinha-se sempre informada de tudo quanto dizia respeito à Poliana, e um dos seus habitantes mostrava-se particularmente ansioso dos boletins diários que costumavam receber. Conforme os dias passavam, entretanto, e as notícias não eram animadoras, essa ansiedade só crescia. Por fim transformou-se em desespero e em uma firme determinação de intervir, de lutar contra a misteriosa doença. Por causa disso é que, certa manhã, seu Pendleton recebeu, com surpresa, a visita do doutor Chilton.

— Pendleton — começou o médico sem mais delongas —, vim até você, meu amigo, porque, melhor do que ninguém nesta cidade, sabe o que há entre mim e dona Harrington.

John Pendleton, na realidade, era um dos poucos que conhecia o "mistério" existente na vida de Poli Harrington e Thomaz Chilton, coisa de quinze anos atrás.

— Sim — respondeu ele, procurando dar tom de simpatia à voz, embora visse que a ansiedade do doutor não o deixaria prestar atenção nos modos do amigo.

— Pendleton — continuou o médico —, preciso ver aquela menina. Quero examiná-la. Preciso examiná-la.

— E por que não examina?

— Mas como? Você sabe muito bem, Pendleton, que há mais de quinze anos não ponho o pé naquela casa. Mas não sabe, e ficará sabendo agora, que a dona declarou que se por acaso eu for chamado algum dia, isso significaria um pedido de perdão, e tudo voltaria a ser como era antes. Pendleton, consiga que ela me chame, por amor à menina...

— Mas você não pode ir mesmo sem ser chamado?

O doutor franziu a testa.

— É difícil. O orgulho me impede.

— Mas se está tão nervoso assim pela saúde da menina, faça o nervosismo engolir o orgulho, esqueça a briga e vá!

— Esquecer a briga! — exclamou o doutor. — Não estou falando da espécie de orgulho que você pensa, meu amigo. Isso jamais me impediria de ir até lá e pedir para entrar de joelhos. É do orgulho profissional que estou falando. Trata-se de um caso de doença, e sou médico. Não posso aparecer dizendo "Me chamem, pelo amor de Deus!".

— Chilton, qual foi a briga? — perguntou de repente o homem.

O doutor fez um gesto de impaciência.

— Briga de namorados, coisa sem importância. Discussão sobre o tamanho da lua ou a profundidade de um rio da China, bobagem assim, uma coisa minúscula e que nos custou anos e anos desta vida. Mas a briga não importa. Passou. Acabou. Só importa a menina. Preciso vê-la, Pendleton, porque estou convencido de ter nove probabilidades em dez de curá-la, é isso.

Aquelas palavras, ditas de modo tão persuasivo e em tom tão firme e alto, atravessaram a janela e foram percebidas pelo menino que brincava no jardim. Jimmy parou e permaneceu de ouvidos atentos.

— Poliana! Poliana curada! Andar novamente! — exclamava Pendleton atônito. — É possível uma coisa dessas, Chilton?

— Pelo que sei da doença, o caso aproxima-se de modo singular de um outro, tratado por um colega meu depois que todos os especialistas o deram por perdido. Houve um milagre, e tenho certeza de que com Poliana acontecerá o mesmo. Por isso preciso ver a menina. Preciso!

John Pendleton se levantou da cadeira.

— Sim, precisa! Mas você não tem como conseguir o que quer por intermédio do doutor Warren?

Chilton sacudiu a cabeça.

— Receio que não. Warren tem sido muito leal e já no começo sugeriu que me chamassem. Dona Harrington, por outro lado, negou com tanta firmeza que ele nunca mais se atreveu a insistir no assunto. Além disso, alguns dos melhores clientes de Warren andaram sendo transferidos para mim, de modo que me sinto de mãos atadas. Mas seja como for, Pendleton, eu preciso ver a menina! Pense no que significará para ela a minha intervenção.

— Sim, e pense no que significará para todos se essa intervenção não se realizar — alertou Pendleton.

— Mas como posso cuidar do caso sem ser chamado pela tia? E dona Harrington nunca me chamará...

— Tem que chamar! Tem que ser forçada a chamá-lo!

— Como?

— Não sei, mas tem.

— Você não sabe; ninguém sabe. Ela é tão orgulhosa que jamais dará o braço a torcer. Mas quando penso que a menina fica assim condenada a uma vida inteira de invalidez, e eu tenho na mão a cura... Ah, que situação horrível a minha! O orgulho profissional! Que miséria!... — E, com as mãos afundadas nos bolsos, o doutor Chilton ficou andando de um lado para outro como um tigre na jaula.

— E se falarmos? E se abrirmos os olhos dela? — murmurou Pendleton.

— E quem fará isso? — indagou Chilton, parando de repente.

— Não sei, não sei — repetiu o homem em tom angustiado.

Fora, no jardim, Jimmy deu um salto, como impelido por uma ideia repentina.

— Quem? — murmurou para si mesmo. — Eu! Eu! Jimmy Bean! E já...

E lá foi ele numa corrida louca rumo à casa dos Harrington.

30

JIMMY EM CENA

— É Jimmy Bean. Ele quer falar com a senhora — anunciou Nancy da porta.

— Comigo? — estranhou dona Poli, surpresa. — Tem certeza de que não é com Poliana que ele deseja falar? Responda que poderá vê-la hoje, por alguns minutos, se quiser.

— Já disse isso, mas o menino insiste em falar com a senhora.

— Está certo, vou descer.

E dona Poli se levantou da sua poltrona, suspirando.

Na sala de espera, encontrou o menino muito esbaforido da corrida.

— Dona Harrington — começou ele imediatamente —, pode não ser muito direito o que estou fazendo, mas não tenho como evitar. É para o bem de Poliana, e por Poliana sou capaz de andar em cima de brasas e até de enfrentar a senhora ou qualquer outra coisa. E tenho a certeza de que a senhora faria o mesmo, se fosse para o bem dela. Por isso vim dizer que o que está atrapalhando tudo e impedindo Poliana de sarar é o "orgulho profissional"...

— Quê? — interrompeu dona Poli, olhando-o com cara de poucos amigos.

— Orgulho profissional. Foi o que eu ouvi lá na conversa dos dois.

— Que dois?

— Seu Pendleton e o doutor Chilton.

Dona Poli enrubesceu. Esse nome, Chilton, tinha a capacidade de tirá-la do sério. Jimmy continuou.

— Só queria que a senhora ouvisse a conversa dos dois, lá na biblioteca. Eu estava brincando no jardim, embaixo da janela, e parei para ouvir.

— Ah! Jimmy! Ouvindo conversa alheia? — censurou dona Poli.

— Não era a meu respeito e nem foi de propósito, ouvi por acaso, porque não sou surdo, e, como falavam de Poliana, fiquei atento. A senhora sabe como Poliana é importante para mim. E fiz muito bem de ouvir tudo, porque descobriram como fazê-la andar de novo.

— Quê? Que história é essa, Jimmy? — exclamou dona Poli, aproximando-se, já interessada.

— É isso mesmo: andar de novo! Sarar! O doutor Chilton conhece um médico que pode curar Poliana, porque já curou um caso igualzinho, mas antes de tudo precisa ver a menina. Precisa, sabe? E não pode fazer isso porque a senhora não o quer, aí está!

O rosto de dona Poli ficou em brasa.

— Mas, Jimmy, eu... eu não sei nada dessa história. Eu... — E começou a torcer as mãos como quem não sabe o que fazer.

— Pois é, e foi por isso que vim até aqui correndo. Eles disseram que, não sei por que motivo, a senhora não deixa o doutor Chilton ver a menina, como a senhora mesma declarou ao doutor Warren, e sem ser chamado ele não pode vir, por causa do tal "orgulho profissional" e não sei o que mais. E disse ainda que precisava fazer a senhora compreender isso, para o bem de Poliana. Assim que ouvi, dei um pulo. "Vou eu!", disse para mim. "Se é preciso que alguém fale com ela, eu falo agora mesmo", e vim correndo!

— Entendi, Jimmy. Mas que doutor é esse? Onde está ele? Será que cura mesmo a menina?

— Eu não sei quem é. O doutor Chilton não disse, mas ele o conhece e sabe que curou um caso igualzinho. Não há dúvida nenhuma quanto a esse médico, só há dúvidas quanto à senhora, e isso porque a senhora não quer que o doutor Chilton apareça aqui.

Dona Poli balançava a cabeça de um lado para outro, atordoada. Sua respiração tornara-se ofegante. Jimmy viu que a senhora estava prestes cair no choro. Mas dona Poli não chorou e, depois de um minuto de desespero, disse, com a voz alterada:

— Sim, eu deixo, eu quero que o doutor Chilton venha. Corra, Jimmy. Depressa! Traga o doutor Chilton.

Jimmy voou, e dona Poli foi falar com o seu médico. Doutor Warren ficou espantado ao ver o transtorno das suas feições e mais ainda de ouvi-la dizer:

— Doutor Warren, o senhor uma vez me falou para chamar o doutor Chilton, e eu recusei. Mas acabo de reconsiderar e agora desejo que chame esse médico. Pode telefonar imediatamente?

31
UM NOVO TIO

Quando o doutor Warren entrou no quarto da menina, Poliana estava como sempre, no fundo da cama, de olhos postos nas cores dançarinas que listravam as paredes; atrás de Warren vinha outro homem, alto, de ombros largos. Ao vê-lo, a doentinha arregalou os olhos.

— Doutor Chilton! Que milagre! Como fico feliz com a sua visita, doutor Chilton... — E, diante da alegria daquelas palavras, todos os olhos se marejaram de lágrimas. — Mas... — continuou Poliana, lembrando-se do quanto a tia detestava esse médico — mas... se o senhor está aqui, então é que...

— Sim, minha cara — interveio dona Poli, entendendo o que a sobrinha estava pensando. — Fui eu mesma que pedi para o doutor Chilton vir para tratar de você juntamente com o doutor Warren.

— Então foi a senhora quem pediu que viesse? Ah, como estou contente!

— Sim, minha cara, fui eu que chamei. Quer dizer... Mas era tarde.

A felicidade nos olhos do doutor Chilton era inconfundível, e dona Poli tinha percebido. Com as bochechas vermelhíssimas, dona Poli saiu correndo do quarto.

Junto à janela, o doutor Warren conversava com a enfermeira, enquanto Chilton segurava as mãos de Poliana.

— Menininha, creio que um dos maiores milagres que você operou aconteceu hoje! — disse ele com a voz carregada de emoção.

À tarde, depois que os médicos se retiraram, uma outra dona Poli entrou no quarto da pequena adoentada, uma dona Poli trêmula, comovida, completamente diferente da dona Poli anterior. A enfermeira fora jantar. Ficaram só as duas.

— Poliana, minha cara, vou contar! Tudo está mudado e qualquer dia darei a você um presente. Um tio! O doutor Chilton vai ser seu tio. Ah, Poliana, estou tão feliz! Tão, tão, tão feliz! E toda essa felicidade vem de você, minha querida.

Poliana começou a bater palmas; de repente, parou:

— Tia Poli, tia Poli, era então a senhora a tal "mão de mulher" que ele andava procurando? Era! Era! Agora descobri... Por isso me disse que eu tinha feito o maior milagre da minha vida. Ah, tia Poli, nem sei! Estou tão contente que nem me importo mais com as minhas pernas!

Dona Poli soluçava.

— Escute, Poliana. Qualquer dia...

Mas se interrompeu. Não tinha certeza se devia contar à menina da grande esperança que o doutor tinha no coração. Talvez fosse imprudente falar naquilo por enquanto, então mudou de assunto.

— Poliana, vamos sair daqui qualquer dia. Fazer uma viagem. Você vai na sua caminha, num grande carro, e iremos para um lugar muito bonito, onde mora um grande doutor que tem feito curas maravilhosas. Ele é amigo do doutor Chilton e irá ver o que pode fazer no seu caso, minha cara Poliana. Está contente?

32
POLIANA ESCREVE

Cara tia Poli e caro tio Tom,

Ah, eu já consigo andar! Hoje andei da minha cama até a janela, fui e voltei! Seis passos! Como é bom usar as pernas novamente!

Todos os médicos estavam ao redor de mim, sorrindo, e as enfermeiras choravam. Uma senhora do quarto ao lado, que esta semana andou pela primeira vez, veio espiar, e uma outra, que espera começar a andar dentro de um mês, pediu que a trouxessem na sua cadeira de rodas. Queria ver como eu andava. Até a Tilly, a moça que lava o chão, me espiou pela janela com lágrimas nos olhos, dizendo "a abençoada criança!".

Não sei por que choravam. Antes rissem, gritassem, porque o caso era de rir de alegria e gritar de gosto. Ah, imaginem só. Andar, andar, andar! Agora já não me importa ficar aqui meses, só que não quero perder o casamento. A senhora bem que podia vir se casar aqui no meu quarto, diante da minha cama. Quero ver isso.

Logo, muito logo, poderei voltar para casa, dizem todos. Ótimo. Estou ansiosa por isso, e nunca mais vou perder tempo andando de carro, apenas a pé. Como é bom andar sobre os próprios pés! Estou tão contente! Estou contente com tudo!

Estou contente até de ter perdido minhas pernas por algum tempo, pois só quem já perdeu as pernas pode dar valor a essas maravilhas. Quem nunca perdeu as pernas não sabe nada, não avalia o que significam pernas. Pernas! Pernas! P-E-R-N-A-S!

Amanhã vou dar oito passos. Oito já, hein?

Com montanhas de amor para todos,
Poliana

FIM

**ASSINE NOSSA NEWSLETTER E RECEBA
INFORMAÇÕES DE TODOS OS LANÇAMENTOS**

www.faroeditorial.com.br

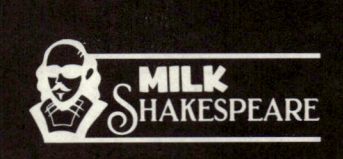

MILK SHAKESPEARE

ESTA OBRA FOI IMPRESSA
EM ABRIL DE 2023